悪役令嬢の遺言状

巻村螢
ill. SNC

第一部
悪役令嬢の遺した舞台

序章　悪役令嬢の遺言状

大聖堂には司教と国王、大勢の貴族、そして純白のドレスに身を包んだ花嫁がいた。

今日は、シュビラウツ伯爵家の現当主であるリエリア・シュビラウツと、この国——ファルザス王国の王子であるナディウス・ウィルフレッドの結婚式が行われる……予定だった。

大聖堂中央の祭壇の前で、花嫁がぽつんとひとり佇《たたず》んでいる。

本来傍らにいるべき新郎の姿はない。

すでに花嫁が入場してから、五十分は経《た》っている。

高い大聖堂の天井に反響するのは祝福の声ではなく、ヒソヒソざわざわとした不穏な声ばかり。

しかし、その中でも花嫁であるリエリアは背筋を真《ま》っ直《す》ぐに伸ばして、ただ正面に掲げられているる神が描かれたステンドグラスを眺め続けていた。

ファルザス王国の南に接する大国ロードデールとの国境にある、辺境伯のシュビラウツ家。

彼《か》の家は伯爵でありながら貿易商も営んでおり、領地収入よりも貿易によって得た利益のほうが大きく、資産は国家予算に匹敵すると真《まこと》しやかに噂されるほどの資産家でもあった。

そこの女当主と、次期国王である王子の結婚である。

当然、その注目度は計り知れなかった。

また、シュビラウツ家という、この国では少々いわく付きの家だからこそ、さらに注目度はうなぎのぼりだった。

そのような中で迎えた結婚式だったのだが……。

「大変です、陛下！　ナディウス殿下が！」

大聖堂に不似合いな静粛さを打ち消す声を上げながら、国王の侍従が転がり込むようにして飛び込んできた。いや、本当に新郎新婦のための赤い絨毯《じゆうたん》の上を、ゴロゴロと三回は転がっていた。

「何事だ！」

国王の声に皆がいっせいに目を向けた中、侍従はずり落ちた眼鏡を掛け直すことも忘れ、手にした一枚の手紙をかかげ叫んだ。

「殿下が、アドネス侯爵家令嬢のミリス様と出奔なさいました！」

大聖堂の空気が一瞬にして凍りついた。

そして、侍従に向けられていた皆の視線は、正面で未《いま》だ背を向けているリエリアに向けられる。

何を考えているのか、リエリアは大聖堂と一体化したような静寂を保っていた。

国王が年季の入った顔を歪《ゆが》め、おずおずとリエリアへと手を伸ばす。

「こ、これは……何かの手違いで……ッリエリア卿《きよう》どうか……」

しかし、その時。

カーンカーンという、本来であれば祝福の鐘の音となるはずだった大聖堂の大鐘が鳴り響き、国王の声をかき消した。

同時にそれは、ナディウスが来ずに一時間経ったということを示していた。

そこでようやく、一時間ずっと神と向かい合っていたリエリアが振り返った。

レースベールから透けた長い黒髪がひるがえり、ヴァイオレット色の瞳が無感情に輝いている。

純白のドレスをまとい、真っ白な百合の花束を抱えた彼女の彫像のような美しさに、その場に居合わせた者達は皆息をのんだ。

その中で、かろうじて国王が言葉を発する。

「リ……リエ――」

「もう、わたくしはこの場に不要ですね」

「待て、リエリア卿！　待ってくれ！」

国王が手を伸ばして引き留める声にすら微塵《みじん》も反応せず、リエリアはただひとり赤い祝福の道を歩く。

泣くことも笑うこともせず、好奇と戸惑いの視線の中、リエリアは大聖堂の入り口に立つと顔だけ

で振り返った。

「それでは、さようなら皆様」

それだけを言い残し、唖然《あぜん》とした衆人を残して大聖堂の扉は閉じられた。


この騒ぎは、その日のうちに王都中の民が知ることとなったのだが、その三日後。

さらなる急報が、再び王都を騒がせることになった。


『リエリア・シュビラウツが首を吊《つ》って死んだ』


結婚式の日、新郎に他の女と駆け落ちされ、結婚式をすっぽかされただけでも充分にゴシップにされていたというのに、さらに彼女が首を吊ったということで、騒ぎは国中の誰しもを巻き込んで加速することとなった。

しかし、驚きの展開はまだまだこれだけでは終わらなかった。


葬儀も終わり、リエリアの死から一週間が経った頃。

国一番の広報紙に、シュビラウツ家当主の遺言状が掲載されたのだ。

生前に書かれていたと思われるそれは、貴族だけでなく王家や平民までも巻き込んだ大騒動へと発展することになる。

『わたくし――リエリア・シュビラウツと結婚した者には、シュビラウツ家の全てを譲るものとする』

彼女は、すでに土の下だ。

『わたくし、リエリア・シュビラウツは次の通り遺言する
リエリア・シュビラウツが死んだ後のシュビラウツ家に関するすべての財産は
わたくし、リエリア・シュビラウツと結婚した者に相続させるものとする
これは現シュビラウツ伯爵家当主であるリエリア・シュビラウツの意思であり
何人たりとも改変・侵犯することは認められない
また、この遺言状の執行者兼管財人として以下の者を指名する
シュビラウツ伯爵家令　マルニード
また、この遺言状が執行される際に前記の執行者が不在の事情がある場合は
当該時点でのシュビラウツ伯爵家家令に委任するものとする

皇統紀二一一年　九月　十日
遺言者：シュビラウツ伯爵家当主　リエリア・シュビラウツ』

幕間　ゴシップ専門『ローゲンマイム社』の新人記者・ハイネの取材日記Ⅰ

「今日の一面記事、すぐに差し替えだ！」

編集室の扉を壊さん勢いで入ってきた編集長の第一声に、皆の顔が苦悶《くもん》に歪んだ。

僕はというと、今し方今日の分の版下を作り終えたのに、その大半を崩さなければならない悲しみで胸が張り裂けそうだった。いや、言い過ぎだけど。

「もう昼ですけど、夕方までに間に合いますかねぇ」

暗に、無茶ですよという声が飛ぶ。

「間に合わせろ！　王子様のかけおち批判よりも、もっと面白《おもしれ》ぇニュースが飛び込んで来やがった！

お前ら、今朝の『フィッツ・タイムズ』読んだか！」

方々《ほうぼう》から「他紙読んだら怒るじゃないですかー」やら「読む暇なくここ一週間缶詰めですがぁ？」

やらと、『読めるか！』の大合唱がわき起こる。

「おい、ハイネ。お前は読んだか？」

下っ端らしく口を挟まずにいた僕に、編集長が気を遣って声を掛けてくれた。

しかし、申し訳ない。

「僕も読んでませんよ」

理由は、諸先輩方と同じだ。

編集長は大合唱という名のブーイングを、「今度昼飯おごってやるよ」の一言で鎮圧すると、部屋の奥にいた僕の方へと近寄ってきた。

ズボンの上にのった贅肉《ぜいにく》が、彼が歩く度にボヨンボヨンと揺れている。

その丸っこい体型とこめかみから顎を囲んだ濃いひげ面というミスマッチが、編集長の魅力のひとつでもあるのだが、サスペンダーの疲労度合いを考えると、少々魅力を抑えたほうが良いと思う。

きっとこの部屋の中で一番仕事しているのは、編集長のサスペンダーに違いない。

「なぁんだ、お前！　まだ読んでねぇのか。情報に疎いなんて新聞屋失格だな」

パシン、と彼が手にしていた新聞で胸を叩かれた。

どうやら読めということらしい。

「……っていうかうちはゴシップ屋ですけどね」

僕が荷運び人をやめてついひと月前、二十二歳の誕生日に入社したここ『ローゲンマイム社』は、ゴシップ専門社だ。

さっき彼が名前を挙げた『フィッツ・タイムズ』は、王室の広報紙としても使われるくらい大きくまっとうな新聞社で、僕たちとは趣《おもむき》が異なる。

まあ、情報新聞と娯楽新聞の違いかな。

「あの王子様の愚行と、シュビラウツの自殺以上のことなんてそうそう起こらな……え？」

編集長から渡された丸まった新聞に目を通して、僕は言葉を失った。

「ゆ、遺言、状……？」

その内容に唖然としていると、ポンと肩を叩かれた。

「そういうこった、今にいろんな奴等が動き出すぞ」

イヒヒ、と編集長は欲がにじんだ変な笑い声を漏らす。

「いろんな奴等って誰ですか……」

「んなこたぁ、自《おの》ずと分かるよ。お前はこの件について追え。誰がそこにある〝全て〟を手に入れるか見届けてこい！」

さあ行ってこいとばかりに思い切り背中を叩かれ、こうして僕の取材の日々がはじまった。

◆

「とは言っても、どこから取材をはじめれば――」

と、そんな杞憂《きゆう》は社屋を出た瞬間、吹き飛んだ。

「はぁ!?　お前、奥さんいただろ」

「その婚姻書どこで手に入れたんだよ、寄越せっ！」

「僕が先に教会に行くんだ！　邪魔するな!!」

「黙ってたけどなぁ、俺はシュビラウツ様と付き合ってたんだよ！」

教会へと続く道を、数多《あまた》の男達が闘牛のような勢いで駆け抜けていく。

「……なるほど」

編集長が言った『いろんな奴等』が垣間見えた。

今回の遺言状は、「対象者に限りはない」と新聞社からのコメントが添えられていた。

それはつまり、平民でもお貴族様の夫になれる――誰でもシュビラウツ家の全てを手に入れられるということ。

「まあ確かに……シュビラウツ家の全部なんて言われちゃ、誰だって欲しがるよな。しかも、今やリエリア様が亡くなったことでシュビラウツ家の血は途絶えた。実質、シュビラウツ家に入らずとも、莫大《ばくだい》な財産を手に入れることができるなら納得の状況だ」

シュビラウツ伯爵家というのは莫大な資産家であるというのに、唯一の跡取りであるリエリア嬢の浮いた話は聞いたことがなかった。

その理由は、『シュビラウツだから』に他ならない。

このシュビラウツ家は、なかなかに複雑な歴史を持った家である。

今の国王から数えて六代前。

長きにわたる南隣国との戦争を、相手国からの停戦という提案をのんで決着させた時、当時の我が国の王が南隣国に提示した条件が、『シュビラウツ伯爵を寄越せ』というものだった。

そう、元々シュビラウツというのは、南隣国——敵国の貴族なのだ。

当時から軍事力に長《た》けていた我がファルザス王国が、農産物しか取り柄がない南のロードデール王国をなかなか降《くだ》せずにいた理由が彼だった。

ロードデール王国の名宰相にして智将のシュビラウツ。

当時の我が国の王は、たとえ停戦が決まってもシュビラウツがいる限り安心はできないと、彼を自国の貴族として迎え入れることを提案したのだ。

本来ならば敵国の将を貴族待遇で、しかも上級貴族の伯爵位で迎え入れるなんて、破格も破格だろう。他にも免税やらなんやらと、とにかく条件が凄《すご》かったらしい。

そこまで王に言わせるシュビラウツもすごいが、問題はそのシュビラウツだ。

もちろんロードデール王国側は拒絶したらしいが、結局はシュビラウツの判断にゆだねられた。

そうして、シュビラウツはファルザス王国側が提示した好条件にくわえて、さらに条件を色々とつけた上で、あっさりとロードデール王国を捨てたという話だ。

「何が智将だよ。最後にあったま悪い裏切りやってんじゃん」

『裏切りの悪徳貴族シュビラウツ』――それが我がファルザス王国での、シュビラウツ伯爵家の衆評だ。

また、ひとり娘のリエリア・シュビラウツは、巷《ちまた》で流行の読み物の影響もあって『悪役令嬢』なんて密《ひそ》やかに呼ばれていた。

それは彼女が三年前、当主の座についた後も呼ばれ続ける、一種の符号のようになっていた。

しかし、その悪役令嬢様も死んだ。

しかも、特大の置き土産を残して。

「彼女もまさか遺言状を書いた時は、こんなに早く開封されるなんて思ってなかっただろうなあ。ご愁傷様」

例に漏れず、僕もシュビラウツが嫌いだ。

「自分の国をさらっと裏切って、好待遇で迎え入れた国で荒稼ぎしてるんじゃあ、当然だよね」

いったい誰が、その莫大な財産をシュビラウツから奪い取ってくれるか楽しみだ。

「さて。じゃあ、まあ……結婚志願者が豊富な教会から行ってみようかな」

その中に、未来の大富豪がいるかもしれない。

■10月5日：取材1日目

教会へ行ってみた。

街の男達が案の定たくさん押しかけていた。

手には『かつてリエリア・シュビラウツと一緒に書いた婚姻書だ』という紙を持って、我先にと教会へ入ろうとしている。九割婚姻目的の男達で、一割野次馬というところか。

男達の内訳は、平民がほとんどだが、中には商人もままいた。

だが、少々様子がおかしい。

貴族の姿が一切見えない。

こんな平民が群がる場所には行きたくないと避けているのか、それとも貴族には別の窓口でもあるのか。

しばらく様子を窺《うかが》ってみた。

そこで、また変なことに気付いた。

婚姻書には当然両者のサインがいる。

まあ、これだけ婚姻書が集まったということは、十中八九以上は偽物だが、万が一、本当にリエリア様と交わした婚姻書もあるかもしれない。

にも拘《かか》わらず、婚姻書を受け取った司祭は一瞥《いちべつ》しただけで、リエリア様の筆跡照合もせずに「無効だ」と突き返していた。
どういうこと？

一章　王子ナディウスⅠ

1

広報紙に遺言状が掲載されたことから、この話は王都から遠く離れた僻村《へきそん》の農民の口の端にすら上っていた。

遺言状の影響は大きなものだった。

平民達は皆、シュビラウツ家の莫大な資産を手に入れるチャンスが巡ってきたと喜びに沸き、商人達はシュビラウツ家が持っていた莫大な利益を生む交易ルートが手に入ると闘志を燃やし、貴族達はあのシュビラウツ家のものだったとはいえ、領地も資産も増えるのは見過ごせないと水面下で動き始めた。

そして、この遺言状と最も関わりが深いものが二家。

そのひとつが、先日の結婚式で騒動を起こした王家である。

◆

「――ッこの馬鹿者が!!」

「ぐッ!?」

骨と肉とがぶつかり合う痛々しい音が、国王の執務室に響いた。

「お前が馬鹿なことをしでかしたせいで……っ！　どうしてくれる!!」

父親であるルゴス国王の拳を頬に受け、王子のナディウスは床に転がった。

いくら五十も近い老齢な王といえど、肉厚な手から繰り出された拳が軽いはずもなく、ナディウスは口の端から血を滴らせた。口内が切れたようだ。

「あ、あれは僕のせいでは……っ」

「結婚式をすっぽかし、他の女とかけおちをしたその三日後に花嫁は首を吊った。これを聞いて、誰がお前に責任はないと思うだろうなあ」

事実をそのまま言われ、ナディウスの顔が歪む。

ナディウスは出奔をしたその日に、一緒に逃げていたミリスと共に捕らえられ王宮へと連れ戻されていた。

荷物をたくさん積んだ王家の紋章が入った馬車が、のんきにパッカラパッカラと王都を出ようとしていたら、さすがに門兵も声を掛けるだろう。

そして、中から結婚式に出ているはずの王子が顔を出せば、当然送還されるというもの。

「どうして、こうも馬鹿に育ってしまったのか……」

ぼそりとこぼした国王の言葉に、ナディウスの顔がカッと赤く染まる。

「――っもとはといえば！　父上がいきなりミリスとの婚約を解消させて、あのシュビラウツの娘なんかをあてがったのが原因でしょう！　ミリスの家は金《かね》で黙らせたんなら、シュビラウツの今回の件も、金で黙らせれば良かったじゃありませんか！」

「お前が黙れッ!!」

ビリビリと窓ガラスが揺れるほどの怒号を降らせ、国王は顔を真っ赤にして肩で息をする。

これほどに怒りを露《あら》わにした父を、ナディウスは見たことがなかった。

「な、なぜそこまで……」

国王は目を丸くしているナディウスを一瞥すると、溜《た》め息《いき》と一緒に白くなった髪をぐしゃりと握りこんだ。綺麗に撫《な》でつけられていた髪型が崩れる。そのボサボサ具合は、きっと国王の今の心情を如実に表しているのだろう。

「このままでは、民からの我が王家への信頼が揺らいでしまう。これはナディウス、次期国王であるお前にも関係がある話だぞ。自分の汚名は自分ですすぐんだ」

「し、しかし、リエリアはもう亡くなっていて……！」

「しおらしい態度で、『やはり愛していたのは君だけだった』などと叫びながら屋敷の前で泣いてみせろ。それで大抵の民の目はマシになるだろうて」

「そこから後は……」

「それくらい自分で考えろ。結末はどうであれ、リエリア卿の婚約者だったのはお前なのだから。無事に彼女と結婚できたのならば、今回の失態は不問にしてやろう」

国王は言い終えると、出て行けとばかりにナディウスを手で払った。

そこへ、国王の侍従が入ってくる。

手に書類の束を持った侍従は、ナディウスに軽く目礼をして国王の元へと駆け寄る。

「陛下、南部にありますドルライド家領の地質調査結果が出たのですが、やはり……」

国王はもうナディウスを意識の外に追い出したようで、侍従が持ってきた書類に目を落としながら、侍従の言葉を聞いていた。

ドルライド家領といえば、ちょうどシュビラウツ家領の隣ではなかったか。まあ、自分が口を挟むことではない。

立ち去ろうとして、ナディウスは気付いたように足を止めて国王に言葉を投げた。

「あ、あのっ！　ミリスはどうなるんですか」

「……お前がリエリアと結婚できた後であれば、側室にでも後妻にでも据えれば良い」

国王はさして興味がないのか、書類に視線を落としたまま、投げやりに答えた。

ナディウスは僅《わず》かな希望と、それ以前に死者と結婚できるのかという絶望との曖昧な顔で、執務室を後にしたのだった。

2

王都から馬車で四日。

「マルニード、久しいな」

「ご無沙汰をしております、ナディウス殿下」

シュビラウツ伯爵家を訪ねれば、迎えてくれたのは家令のマルニードだった。

応接室に通される中、幾人かの使用人の姿が見えた。

「……まだ、使用人達も屋敷を使っているのか」

主人もいないのに、勝手な。

そんな蔑《さげす》む感情が声音ににじんでいたのか、マルニードはまるで心の中を読んだように言った。

「遺言状はもうひとつ、わたくし共使用人にあてたものもありまして……わたくし共の処遇は配偶者の方に任せるという。ですので、その〝配偶者〟が決まるまでは、ここでお屋敷を守っているのですよ」

管財人ですから、とマルニードは柔和《にゅうわ》に笑ったが、目が笑っていないのが丸わかりだ。隠す気すらなさそうだ。

まあ、それもそうだろう。

自分は彼らの主人を裏切った人間なのだから。

好意的な出迎えを期待できるはずがない。

それでも笑顔で対応してくれているというのは、一応自国の王子だからだろうか。

応接室のソファに身体《からだ》を預けると、マルニードは分かったように対面のソファの脇に立った。

主人がいなくとも使用人の分《ぶ》はわきまえているようだ。

存外、シュビラウツは使用人への教育は上手《うま》かったらしい。

「マルニード……」

「なんでございましょう、殿下」

「その……今更もう遅いとは分かっているが、結婚式の件は悪かった」

「…………」

「あっ、あの時は、結婚することが怖くなったというか……その、昔の女が会いに来てくれて気持ちが昂《たか》ぶったというか……リエリアには申し訳ないことをしたと思っている！　こうして彼女を失って気付いたんだ……っ、僕が本当に愛していたのはリエリアだと！」

「左様でございますか。しかし、わたくしに言われましても……」

「――っそ、それも……そう、だな」

なぜ自分がこんな思いをしなくてはならないのか、とナディウスは伏せた顔の下で唇を噛《か》んだ。

裏切り貴族の分際で、この国の王子である自分の婚約者になれただけでも幸福で、むしろ泣いて感謝すべきだというのに。それどころか、本来自分には既に婚約者がいたのだ。

それを父が、三年前突然、リエリアを婚約者にすると言い出したのだ。

いったい、リエリアはどんな手を使ったのか。

もしかすると、彼女は当主になった途端、その有り余るほどの財力で父を買収したのかもしれない。

あり得る話だ。

「それで本日はどのようなご用件でしょうか、殿下？」

ナディウスは一瞬、言いにくそうに口をまごつかせる。

「あ、あれを……借りに来た」

「あれ、と申しますと？」

「っあれだよ！　印章《いんしょう》だ！　シュビラウツ家の家紋が入った印章！　お前が持ってるんだろう⁉」

王家と貴族家は、それぞれの家紋が入った印章を持っている。

印章は、貴族として迎え入れられた際に貴族院から与えられるものであり、一家にひとつしか授与されない貴重なものだ。

代々の当主が受け継ぎ、印章の保持は当主である証《あかし》となり、押印は一家の総意とみなされる。

ゆえに、当主は決して印章の在処《ありか》を他者に漏らさない。

印章の形状も各家で異なっており、指輪型の家もあれば、印判型のものもあるという。これにより、さらに他者から印章の存在を分かりにくくしている。

それほどに、印章の力は大きく責任あるものなのだ。

「シュビラウツ家の血は途絶えた。しかし、貴族院から印章が返還されたという報《しら》せはなかった。ならばマルニード、管財人であるお前が預かっているはずだ」

彼女の両親のような不慮の事故ならば、行方知らずということもあるだろうが、あいにくリエリアは自殺だ。

「皇統紀二一一年九月十日――それが遺言状が書かれた日だった。つまり、彼女が当主になったばかりの時に書かれたものだ。当主になって真っ先に遺言状を書くような者が、自死に際して印章を放置するはずがない」

「申し訳ありませんが、わたくしは主人より印章は預かっておりません」

そんなはずがない。

「では、印章を探して持ってくるんだ！」

「できません。わたくしめは使用人。主人不在の中での勝手は許されておりません。わたくしに許されたのは、この屋敷の最低限の維持のみ」

「マルニード……ッ！」

膝の上でいつの間にか握っていた拳が、ギッと軋《きし》んだ音をたてた。

この食えない老人は嘘を吐いている。

「僕以外の男が、彼女の伴侶として記されてもいいのか！　結婚式で待っていてくれた彼女を、今度こそ僕が迎えに行きたいんだ！」

自分でも、よくこんな台詞《せりふ》がすらすらと言えるなと笑いそうになる。

「彼女を終生弔うと誓うよ、マルニード。どこの馬の骨ともしれない貴族に墓参りをされるより、この三年間、婚約者だった僕が弔ったほうが彼女も喜ぶと思うが」

「では、是非そうなさってくださいませ。わたくしに言えるのはそれだけです」

「だから――――っ！　そうするためにも、印章がいると言ってるだろう！　貴族や王族の婚姻書にはサインの他に印章の押印が必要だと、お前も充分知っているはずだ！」

どうして王子である自分が、たかがいち貴族の使用人風情に、ここまで頼み込まなければならないのか。いい加減にしろ。

マルニードの沼に杭な態度に、とうとうナディウスの堪忍袋の緒も切れた。

膝の上に置かれていた拳が、応接テーブルに叩きつけられた。

分厚い木製天板のテーブルは、低く重鈍な音を立てて僅《わず》かに揺れた。

しかし、マルニードの表情は些《いささ》かも揺れない。

彼は、密かな溜め息を俯《うつむ》きながら吐いた際に落ちた前髪を、後頭部に撫でつけ言った。

「ひとつ、わたくしに言えることがあるとするのなら……」

相変わらずマルニードの顔には薄い笑みが張り付いている。

「お嬢様……いえ、ご当主様はいつも印章を身につけられておりました」

「いつも？」

「ええ、最期の最期までございます」

「さい、ご…………って、まさか――!?」

マルニードの目が初めて笑った。

印章も、土の下だ。

3

その少年は、ちょうどマルニードとナディウスがいた応接室の窓の下にいた。

声が大きく筒抜けだった会話に、少年――テオは眉を上げた。

「何か秘密があるかと思ったら、やーっぱりねぇ。そんなことだろうと思ったよ」

あれだけ教会に男達が殺到していたというのに、司祭達は出された婚姻書を一瞥して突き返して、を繰り返してあっという間に男達を散らしてしまった。

皆なぜ突き返されたのか、釈然としない顔をしていた。

見ていた自分も首をひねったものだ。

婚姻書が使えないなら、結婚できないのだから手立てがない。

だから、シュビラウツ家の全てに一番近い者――ナディウスの後を付けて、一攫千金《いっかくせんきん》のチャンスを狙っていたのだが、思わぬ収穫を得た。

「どうりで貴族達がまったく動かないはずだよ」

貴族達は印章が必要だと分かっていたから動かなかったのだろう。いや、動けなかったというほうが正しいか。

「にしても、ここにまた忍び込むことになるなんてねえ。もしかして、運命ってやつ？　アッハハ！」

テオは赤茶色の外壁や、屋敷を囲むように植えられた木々を眺め、肩を揺らした。

そして、頭上の窓に向かって口の動きだけで「どーも」と言うと、音もなくシュビラウツ家から姿を消したのだった。

二章　親族ハルバートI

1

遺言状と最も関わりが深い二家の内のもうひとつ。

それが、シュビラウツ家の分家にあたる、ルーイン子爵家である。

「おかしいでしょう！　シュビラウツ家の財産は全てルーイン家のものになるはずだ！」

ルーイン子爵家の長男であるハルバートが、夕食の席で声を上げた。

ナイフとフォークを持った手でテーブルを叩いたため、載っていた食器がガチャンと騒がしい音を立てる。

同じテーブルについていた両親は眉をひそめるが、しかし、取り上げるべきは息子のマナーよりも言葉のほうだと、自らの銀食器をテーブルに置いた。

父親が威厳のある動きで、テーブルに肘を置いて手を組む。

それは大事な話をするときのおなじみの格好で、ハルバートも大人しく銀食器を置いた。

「私も、当然シュビラウツ家の遺産は全て、我がルーイン家のものになると思っていたさ。だから遺言状が出たのを見て、公証人にも有効性を尋ねた」

「それで……」

ハルバートの喉が上下する。

「……問題はないと」

「そんなっ⁉　では、相手がいなかった場合はどうなるのです！」

「シュビラウツ家の土地は少々特殊でね。所有権は国ではなく、シュビラウツ家自体が持っているんだ」

「シュビラウツ家領は貸与地ではないということですか？」

「そうだ。あの家の歴史からしたら、まあ頷《うなず》ける話ではあるな」

本来、貴族の領地というものは、国が所有している土地を分割して貸与されているに過ぎない。

しかし、シュビラウツ家だけは違う。

「つまり、あの遺言状の条件が満たされない限り、シュビラウツ家領はずっと宙に浮いたままということになるわけだ」

「目の前に黄金があるのに、誰も手にできないと……クソッ！」

なんとか今度は拳を落とすのは耐えたが、それでもテーブルの上に置かれていた拳は震え、やはり食器を揺らした。

そこへ、今まで黙っていた母親が口を開く。

「ねえ、あなた。マルニードが管財人なら、彼に頼んで遺言状を撤回させることはできないの？」

マルニードというのは、長年シュビラウツ家に仕える家令だ。

枝のように細い身体に、シルバーヘアと白髭《しろひげ》が目立つ細面が乗っており、火の消えたマッチ棒のような男という印象がある。

「マルニードはただの管財人で、遺言状を撤回させる権限などない。これが遺言状が公表される前なら、まだやりようもあっただろうが……」

忌々《いまいま》しそうに父親が舌打ちを鳴らす。

「マルニードめ……葬儀の時に会ったのに、あえて遺言状の存在を黙っていたな。使用人風情でこざかしい」

おそらく、先んじて言えば父親に妨害されると踏んでいたのだろう。あながち間違いではないが、親族に対する態度としては面白くない。

「だが、不幸中の幸いで、リエリアはナディウス殿下と結婚しなかった。王家のものになるはずだったものが、早い者勝ちで目の前に転がっているんだ」

ニヤリ、と父親が大きな口で弧を描けば、母親とハルバートの顔も意味深な笑みを浮かべる。

「公証人はこの遺言状を有効と認めた。つまり、死者との婚姻も問題ないということですよね」

「そういうことになるな」

「なるほど。であれば、他の者達よりも我が家に一日《いちじつ》の長《ちょう》がある」

父親とハルバートが頷きあえば、母親の「さあ、いただきましょう。冷めちゃうわ」という安堵《あんど》の声で食事が再開される。

ハルバートは豪快に切り分けたラム肉を口に詰めながら、「この狭い屋敷ともおさらばだな」と、特に感慨も籠《こ》もっていない目で部屋を見渡していた。

2

「これはこれは、ルーイン子爵家の皆様お揃《そろ》いで、本日はどうなさいましたか？」

屋敷の入り口で出迎えたマルニードを、ルーイン子爵は押しのけるようにして手で払った。後に続いて、子爵夫人とハルバートが屋敷の中に入る。

三人は我が物顔でシュビラウツ家の応接室へと足を運ぶと、勧められるまでもなくソファに腰を下ろした。

「どうしたも何も、親族なんだから家くらい訪ねるだろう」

「それは失礼いたしました。ただ、ご当主様――リエリア様がいらした時は、一度も訪ねられたことがなかったので、つい……」

瞬間、マルニードの言葉に子爵の片口が引きつるが、マルニードは気付いていないのか、話を続ける。

「それに、先日の葬儀も終わるなり足早に帰られたものですから」

「あれは仕方のないことでしょう、マルニード。だって、私達が葬儀の場についた頃には棺《ひつぎ》には釘《くぎ》が打たれて、リエリア嬢とは最後に別れの口づけすらさせてもらえなかったんですから。親族だというのに悲しいものでしたよ」

「そうよ。てっきりわたくし達は歓迎されていないものだと思って、だから、別れもそこそこにあの場を去ったのよ。いえ、去らざるを得なかったんだもの」

ハルバートと子爵夫人が続けざまに反論すれば、再びマルニードは「それは失礼いたしました」と頭を下げげた。

リエリアの葬儀には、シュビラウツ家の使用人と親族であるルーイン家、そしてナディウス王子だけが参列した。

貴族としてこれほどに質素な葬儀はないだろう。ナディウス王子の従者や護衛のほうが多かったほどだ。

しかも、ルーイン家とナディウス王子が到着したときには、すでに棺は閉ざされ、のぞき窓から顔すら見ることを許されなかった。

「最後に彼女の顔くらいは見たかったですね」

いやみを込めて言えば、マルニードは「誠に」と言いながら小さく咳払《せきばら》いする。

「ですが、言わせていただくのなら、棺を閉ざしていたのは何も嫌がらせなどではなく、お互いのためだったのですよ。ほら、首を吊られますと、色々と出るものが出てしまいますので。顔は腫れ、舌は垂れ下がり、目すらも飛び出――」

「わ、分かったから！　……っそれ以上は口にするな」

マルニードの淡々とした惨《むご》い説明を、慌てて子爵が声を荒《あら》らげて止めた。

三人は顔を青くして、夫人に至っては口元を手で押さえている。

「ご理解いただけたようで何よりです」

しれっとして腰を折った老家令に、三人は忌々しい目を向けつつもそれ以上は何も言えなかった。

「それより、マルニード。遺言状のことをどうして私達に黙っていた。葬儀の時には存在を知っていたんだろう」

「いえ、まさか。葬儀を終えて、ご当主様の身の回りの品を整理していたときに見つけたまでです」

これればかりは嘘か本当か確かめようがない。

ただ、唯一分かるのは、マルニードは自分達をあまり良く思っていないということだけ。

お互い口を閉ざしたことで、ずっしりと空気が重くなる。

「はぁ……気分転換に、私は少し屋敷を見回らせていただきましょう。リエリアの過ごした屋敷に思いを馳《は》せるのも、故人への弔いですから」

ハルバートが席を立ち、ひとり応接室を出て行く。

マルニードが付き添おうとしたが、子爵が引き留める。

「おいおい、客人を置いてどこかへなんて行かないでくれよ」

「当主がいない今、わたくし達をもてなせるのはあなただけなんだから。まさか、他の使用人に相手させるつもり？」

「……かしこまりました」

子爵夫妻は満足そうに眉を上げて、大きく頷いた。

しかし――。

「フィス！　ハルバート様が屋敷を見て回られるようだ。何かあっては困る。付き従いなさい」

マルニードが声を上げれば、飛ぶようにしてやって来た二十歳そこそこのメイド――フィスは、

「はい」と腰を折り、すぐさまハルバートを追いかけた。

「フィスはご当主様の侍女も務めたしっかり者ですから、どうぞご安心を」

にっこりと完璧な笑みを向けたマルニードに対し、夫妻は「ああ」と不服が滲《にじ》む重い声で返事をし

たのみだった。

◆

ずっと後ろをついてくるメイドが煩《わずら》わしい。

何度ひとりで大丈夫だと言っても、壊れた人形のように「お気になさらず」としか言わない。仕方なしに、ハルバートは言葉通り気にしないものとして、屋敷の中を歩き回った。

どうせメイドごときに貴族である自分を止めることなどできないのだから、好きにさせておけば良い。

「……悪徳貴族には分不相応な屋敷だな」

高い天井に蜜色に輝く調度品。主《あるじ》はいなくとも変わらぬ輝きを保つシャンデリアと、清潔に保たれた長い廊下。

自分の屋敷よりも数倍は広く、遥《はる》かに金満的屋敷だ。

「私達はシュビラウツの親族というだけで、申し訳ない思いを抱えているのに、当の本人はなんと贅沢な暮らしをしていたことか」

「申し訳ございません、ハルバート様。お言葉ですが、お嬢様も先代ご当主様や奥様も、決して贅沢な暮らしなどなさっておられませんでした。こちらのお屋敷は、代々修繕と改築を行い大切に使われてきたものでございます」

「お嬢様？　ああ、リエリアのことか……確かに、当主らしいことは何もしていなかったしな」

「いえ、そのようなことは……」

黙れというように、ハルバートは手を振ってメイドの口を閉じさせる。

「三年前か……シュビラウツ伯爵と夫人が火事で亡くなったのは。それで、まだ十七歳だったリエリアが突然当主になったんだったな」

チッと、ハルバートの舌打ちが鳴った。

「あの時、さっさと私の父に当主の座を譲っていれば良かったものを……おかげで、シュビラウツの悪名は、さらに加速することになったんだからな」

まだ成人を迎えていない十七歳の小娘が当主になった。

しかも、資産家であるシュビラウツ家の、である。

突如、それまでシュビラウツ家には関わってこなかった多くの貴族達が、『援助』という名目で、リエリアの後見や縁談の話を取り付けようと動きだした。

もちろん、うちもそのひとつだ。

しかし、どこよりも先に動いたものがいた。

「王家に動かれては、親族だろうと分が悪すぎる」

子爵家など、下級貴族で領地すら与えられない。親族だからというカードを使っても、王家に対抗できる力などありはしないのだ。

そして、まんまと王家がリエリアの後見となり、なし崩し的にそのままナディウス王子との結婚まで決まってしまった。

『金だけでは飽き足らず、我が国まで欲しがるか』

おかげで、そのように貴族だけでなく平民達の間でも噂されるようになった。

「殿下には元々婚約者がいたようだし、リエリアがそれを押しのけたんだとしたら、この間の結婚式での王子の行動も少しは理解はできるな」

「それは……」

メイドが何か言いたそうにしていたが、暗い顔を俯《うつむ》けただけで、結局何も言い返せないでいた。

リエリアが亡くなっても、悲しむ者などいない。

むしろ皆、シュビラウツの血が絶えてくれて良かったと、安堵していることだろう。

ナディウス王子の結婚式当日にかけおちというのも、王子の行動としては褒められたものではないが、大きな批判が出ないのも、皆、心のどこかで理解できていたからだろう。

うちも一応シュビラウツの血を引いているわけだが、すでに分かれて五代は経っているし、こちらから言わなければ分からない。

そんなことを思いながら屋敷を歩き続けていると、先の部分一帯が壁も床も全て新しくなっているのに気付く。

修理でもしたのか。

こんな部分的に？

「……メイド。シュビラウツ伯爵が亡くなっていたのはどこの部屋だ！」

やや間があったが、「執務室でございます」という声を聞いて、ハルバートは新しい木々でつくられた部屋へと走った。

「あ――っ！　お待ちください、その部屋は！」

メイドの制止の声も聞かず、ハルバートはノブを回した。

「――――っ⁉」

視界に飛び込んできた部屋の中は、驚くほど何もなかった。

本棚もカーテンも机も椅子も絵も窓も絨毯もない。そこは、到底部屋とは言いがたい、ただの白い四角い箱でしかなかった。

そして、箱のド真ん中にひとつだけ置かれた、妙な照りのある黒い箱。

酒樽程度の大きさの箱が、ぽつんと置いてあった。

そのあまりにも異様な光景に、ハルバートは思わず踏み入りかけた足を後退させてしまう。

「な、なんだ……あの気味悪い箱は」

「金庫でございます」

メイドが傍らから、手を伸ばしてドアを閉める。

「あの火事の中、唯一残ったものです。他のものは灰になるか、崩れ落ちた衝撃でバラバラになったりしたのですが、こちらは奥様が抱きかかえられており、破壊を免れました」

「抱き……かかえ――――ッう！」

見つけた時の光景を生々しく想像してしまい、胃から酸っぱいものがこみ上げた。

確か、夫妻の遺体は誰かも分からぬほどに燃えていたと聞く。

「……っ悪趣味だな」

よくそんな者が抱えていたものを、大事にとっておけるものだ。

中身を入れ替え、さっさと捨てればいいものを。

しかし、そこでハタと気付く。

「もしかして……捨てられないのか？　金庫の開け方が分からない……とか」

メイドは答えない。

ハルバートの目はみるみると大きく開き、閉められたドアを平手で叩いた。

バンッ！　と空気を振動させる大きな音が響く。

「まさか、印章はあの中にあるんじゃないのか⁉」

「印章が気になりますか？　ハルバート様はお屋敷を懐かしんでおられただけなのでは？」

「――っそ、それはそうだろう。シュビラウツ家が断絶するならば、その手続きは親族であるルーイン家がしないとならないからな。印章の所在は知っておく必要がある」

事実、貴族家が断絶した場合、印章は貴族院に返還しなければならないのだし。

何もおかしいことは言っていない。

すると、メイドは何か思い出したのか、視線を斜め上に投げ「ああ」と呟《つぶや》いた。

「先日、ナディウス殿下も訪ねられたのですが、ハルバート様と同じように印章を探しておいでのご様子でした」

「何っ！　殿下もだと⁉」

そんな話は聞いていない。

というか、自ら結婚式を逃げ出しておいて、今更印章になんの用があるというのだ。

そんなの答えはひとつしかない。

王子もシュビラウツ家の財産を狙っているのだ。

「チッ！」

婚姻書に印章が必要など知らない平民は、気にする必要はない。印章を手に入れられない他の貴族も、どうせ指をくわえて見ているだけだ。

そう思って、少々余裕に胡坐《あぐら》をかきすぎていたのかもしれない。

「それで、殿下は印章を持って帰られたのか」

「申し訳ありません。その先は分かりかねます。家令のマルニードが応対しておりましたので」

「……そうか」

もし、印章が手元にあったとしても、おそらくマルニードは渡していない。

あの家令が、自分の主人を馬鹿にした王子の言うことに、素直に応じるとは思えない。

「ちなみに、印章はあの金庫にはございません。お嬢様は最期まで印章を身につけておいででしたから」

「最期？　まさか棺に入れたなんてことは……」

またもや、メイドはただの人形になってしまった。

「──っこんな場所にいる時間はない！」

もし、王子も同じこと──印章をリエリアが最期まで身につけていたこと──を知ったとしたら、思いつくことはひとつだろう。

きっと、今自分が考えていることと同じことだ。

王宮には様々な書類が保管されている。当然、シュビラウツ家の印章が押印された書類もだ。偽造印を作る――それしかない。

ハルバートは踵《きびす》を返すと、来た道を早足で戻っていく。

早く家に戻って、シュビラウツ家との書類を探さなければ。王子が王宮で見つけるよりも早く。

「ったく……これ以上、同じ考えをする者が出ないことを祈るよ」

ハルバートはぼそっと呟いて、唇を噛んだのだった。

3

ハルバートが応接室を出て行った後のこと。

「ルーイン子爵様がこのお屋敷を訪ねられたのは、いつぶりになるでしょうか」

子爵夫妻は、マルニードに息子の邪魔をさせないため、なるべく話が途切れないように会話を続けていた。

今頃息子は屋敷の中を探し歩いているだろう。

さすがに裸で印章が置いてあるわけではないだろうが、当たりくらいはつけられる。

「そうそう。先代のご当主様――リエリア様のお父様が当主でいらした時ですね。先代様の葬儀の時も、リエリア様が新当主になられた時も、特に訪ねられてはいなかったと記憶しております」

「あ、ああ。あれは、両親を亡くしたばかりだったし、その中でリエリア嬢が当主になった祝いの言葉を贈ってもと思ってな……私なりの配慮だったが。もしや、彼女はそのことを根に持っていたのかな？」

「ご配慮いただき、なき主に代わり感謝申し上げます。ですが、リエリア様はそのようなことで、他者を恨むような狭量な方ではございません。どうぞご安心を」

「それなら良かったが」

別に良くはない。

小娘が自分より上の爵位を継ぐなどとは。

本当に良識のある者ならば、ここは親族であり年長者である自分の意見を一度は仰ぐべきだっただろう。爵位まるごと寄越せとは言わないが、せめて自分を後見人にするくらいはあっても良かったのではと思う。

「ほら、息子のハルバートと年も近いし、リエリア嬢の何か力になれればと思ってな。しかし、色々と考えているうちに、あっという間に王家が後見人になってしまって……」

そう。あの娘は、後見人としてより近しい自分ではなく、ぽっと出の王家を後見につけたのだ。

「ルーイン子爵家は確か、シュビラウツ家がファルザス王国の貴族となった次の当主様のご兄弟が分かれられた家でしたよね」

「そうだが……」

それ以降、お互いの家の後継者以外は騎士爵で一代限りか、別の貴族家へと嫁入りするか入り婿となっている。後者はほぼもらい手がなかったが。

だから、シュビラウツの血が流れる者で当主となっている家は、今はもうルーイン家しか残っていない。

姓も違うし分かれたのが随分と昔だということもあって、一般的にはあまり知られていないことだが。

しかし、なぜ今そんな話を持ち出すのか。

「では、ルーイン子爵様は、シュビラウツ家の領地について、何かお聞きになったことは？」

「領地？　いや、特には……」

背後にかつての祖国であるロードデール王国を置き、交易の窓口になっていることくらいしか知らない。

この立地こそ、シュビラウツ家が貿易で莫大な利益を上げる理由でもある。

だからこそ、シュビラウツ家の全てが欲しいのだ。

一時的な財産を得る以上に、この土地と貿易の権利を手に入れ、末代まで名を残す貴族家になりたいのだ。

「この領地に何かあるのか？」

「いいえ。ただ、もしルーイン子爵様が遺言状の条件を満たされたとして、この土地が戦場になる可能性をご承知の上かと、少々心配になったものですから」

「せ、戦場!?　マルニード、それはどういうことだ！」

確かに、ここは辺境領である。国境線を有する辺境領は、他国の侵攻を真っ先に受ける危険地帯でもある。

しかし、ロードデール王国とは停戦協定のおかげで、長きにわたり平和を維持できているはずだ。

戦争の兆しがあるなど、聞いたことがない。

なのになぜ、いきなり戦場などという物騒な言葉が出て来るのか。

「おや？　ご存知ありませんでしたか」

マルニードがきょとんとした顔で首を傾《かし》げた。

「停戦協定の有効期間は、各国の王の五代目までですよ」

「な！　なんだと!?　停戦協定に定めがあるなんて、聞いたことないぞ！」

待て。現在、この国の王は――六代目だ。

そして、南隣国であるロードデール王国の国王も……同じだ。

幕間　ゴシップ専門『ローゲンマイム社』の新人記者・ハイネの取材日記Ⅱ

■10月8日（取材4日目）
なるほど。

教会がなんであんなに簡単に、婚姻書片手に詰めかけた男達を追い返せたのか分かった。

調べたところによると、貴族の婚姻書は平民のものとは少し違ったようだ。

『印章』というものがサインと一緒に必要なのだとか。

だから、司祭達は婚姻書を一目見ただけで偽物と分かったのか。となると、きっと平民じゃ遺言状の条件をクリアするのは無理かな。

僕達平民はその印章ってのがどんなのか知らないし……。

結局、こういったのは貴族達が総取りしていくんだね。世知辛いねえ。

■10月9日（取材5日目）
取材相手を貴族に切り替えなくちゃいけないけど。

そういえば、よくよく考えてみると、僕はリエリア様について何も知らないような……。

シュビラウツ家に関する噂話は色々と聞くけど、彼女本人についての噂はそんなに聞かない気がする。嫌われてる自覚があったからか、領地からほとんど出てこなかったみたいだし。

三年前、シュビラウツ家に災難があって、十七歳で当主になって、王子様の婚約者になって、結婚式すっぽかされて、悲しくて首を吊った……悲劇の令嬢？

本当にそれだけ？

せっかくだし、取材がてら一番彼女を知っていそうな人から訪ねてみるか。

◆

「と、というわけで、ローゲンマイム社の記者で、ハイネと言いますが……しゅ、取材をさせていただいても……？」

「なんとまあ、最近はお客様の多いことで……」

初めてお貴族様の屋敷を訪ねてみたが、ドアをノックするのですら勇気がいった。

王宮広報を担っているフィッツ・タイムズの記者は、王宮を訪ねていくこともあるだろうし、いち貴族の屋敷を訪ねるのでもこれだけ勇気を振り絞らなきゃいけないんだから、あそこの記者はやっぱりすごいよ。

そして、大きな玄関扉の内側から出てきた、ロマンスグレーの髪が美しい老紳士を目の当たりにして、もう僕の勇気は枯渇しかけていた。

自己紹介して、申し訳程度に首から提げた社員証を見せるので精一杯。

ごめんなさい、平民が訪ねちゃって。しかもゴシップ紙だなんて、普通に嫌だよね。

ところがどっこい。

家令だと言った老紳士は、快く屋敷に僕を迎え入れてくれたのだ。

冷笑と共にあしらわれるかと思ったけど、なんて優しいんだ。

屋敷の中は、見たこともないような照明や、家具でキラキラと輝いていた。部屋には壁紙なんかも貼ってあって、廊下にも絨毯が敷いてあって、まるで夢のような世界だ。

通された部屋も、僕の家がすっぽり収まりそうな広さで、座ったソファは空から雲をかき集めてつくられたような柔らかさだった。

「当主がいなくなってからのほうが来客が多いとは、なんともですな。それで、ローゲンマイム社と言いますと、『ルーマー』という新聞を出してらしてるところですね」

「えっ！　ご存知なんですか⁉」

ゴシップ紙ですけど⁉　そんな低俗なものを貴族が読まれるんですか⁉

向かいに座った家令のマルニードさんは、嫌な顔をするどころか、ほほと柔らかく微笑《ほほえ》んだ。

僕はもうこの時点で、マルニードさんのことが結構好きになりはじめていた。

「代々のご当主皆様、全ての新聞には目を通しておられましたから。必然と、わたくし共も詳しくなるのですよ」

「全ての新聞って……ま、毎日ですか？」

「ええ、もちろん。日々、情勢は移り変わりますから。特にシュビラウツ家は貿易商を営んでおりましたので、情報に疎くてははじまりませんから」

「そ、そうなんですね」

単純だが、少しシュビラウツ家に対する見方が変わったかもしれない。

代々引き継いだ安定的商いでぼろ稼ぎする豪遊貴族。たとえ社交界で他の貴族と交流しなくても、ひとりで立っていける金満家。

そんなイメージが、僕の中にはあったんだから。

「それで、そこの記者様が本日はどのようなご用件で？　何をお知りになりたいのでしょうか」

わぁ、遺言状の件で訪ねてきたのがばれてる。

まあ、それもそっか。このタイミングで記者が来るってそれしかないもんな。

僕はペンとメモを取り出して、取材する気満々の姿勢をとる。

「マルニードさんは、ここに勤められて長いんですか？」

「ええ。うちの家は、まだシュビラウツ家がロードデール王国にあった頃から、代々仕える家系でして。わたくしは先々代当主様から存じておりますが、正式に仕えはじめたのは先代当主様からです」

まさかロードデール王国にあった時代からとは……そりゃ長い。

「それでは、シュビラウツ伯爵家とリエリア様について教えてください。知っていること全て」

そこで、僕は知りたくなかったことを知った。

◆

ファルザス王国の南にあるロードデール王国。

シュビラウツ家は元々、ロードデール王国の由緒ある貴族家だったが、大家として名が上がるほどではなかった。

そんなシュビラウツ家が、堂々と歴史の表舞台に立つこととなったのは、名宰相にして智将とまで言われた『カウフ・シュビラウツ伯爵』の出現からだ。

彼の知略により、当時ファルザス王国の圧勝に終わると思われた戦争は長引き、両陣営に多大な損害を出すこととなった。

そこでロードデール王国側の呼びかけにより、停戦協定が結ばれることになる。

本来、両者合意の停戦協定ならば両者平等のはずなのだが、ファルザス王国は停戦協定を言い出したロードデール王国にひとつだけ条件をつけた。

最初は、一方的に条件を突きつけるのはおかしいと反発したロードデール王国だったが、ファルザス王国は条件をのまなければ戦争を続けると言ったのだ。

そこで、これ以上自国民を犠牲にしたくないロードデールは、ひとまず条件を聞くことにした。

ファルザス王国が提示した条件は、『カウフ・シュビラウツを寄越せ』というものだった。

貴族として迎え入れるという好条件もついていたが、傍らに『そのかわり、シュビラウツ家は永代ファルザス王国に仕えること』という、シュビラウツ家を縛り付けるような条件もついていた。

さすがに、これにはロードデール側は反発した。

いきなり国政の柱である宰相を奪われてしまえば、国が揺るぎかねない。

しかも戦後なのだ。復興処理は並の者では務まらない。

当然、カウフも難色を示した。

しかし、このまま戦争を続ければ、たとえ勝利しても多くの自国民が不幸になるのは目に見えていた。夫や息子が帰ってこない女性を、いたずらに増やすのは躊躇《ため》われた。

それでも、ロードデール王国の当時のファルス・ライオッド国王は、最後までカウフを手放すのを拒否した。

宰相がいたから、北隣国であるファルザス王国と張り合えるほどに大きくなったというのに、その同志ともいえる片腕を失いたくないと。それに、貴族待遇とはいえ、敵国に行くのだ。どのような処遇や目を向けられるのか分からないからと。

だが、当のカウフは国王の情を振り切り、最後にはファルザス王国の条件をのむと言った。

自分ひとりが敵国へ行けば、これ以上の犠牲は出ない。

カウフにとって、自国民がこれ以上傷つくことのほうが耐えがたかったのだ。

そうして、カウフは敵国であったファルザス王国へ行くことに了承したのだが、その際に条件を二つ提示した。

『停戦期間を各国の王の五代目までとし、あわせてファルザス王国にシュビラウツ家が仕えるのも五代目までとする。以降はその時の国王、当主の判断に委ねるものとする』

『今のシュビラウツ領もそのままファルザス王国に編入させ、必ずシュビラウツ家が治めるものとすること。また、この領地の所有権のみは、どちらの国にも属せずシュビラウツ家当主のものとする』

具合の良いことに、シュビラウツ家領はちょうどファルザス王国との国境に接して存在しており、編入させても、国境線が領地を挟んで前後するだけだった。

もしかすると、かねてより戦争の危機にさらされていた辺境領であったからこそ、カウフという智将が生まれたのかもしれない。

前者は和平条約でなく停戦という一時の条約で、シュビラウツ家の子孫の自由まで奪ってしまうことはできないという理由のもとだった。

そして後者は、ファルザス側にとってはむしろ喜ばしいことである。

ふたつ目の条件の理由はファルザス側には分からなかったが、所有権はないとはいえ国土が増えるのだ。つまり税収も上がる。新たにシュビラウツに領地を割く必要もない。

この好条件があるのならと、ロードデール王国側は、前者もあわせて了承した。

これが、ファルザス王国の貴族となったシュビラウツ家の歴史である。

◆

「無論、わたくしの話を信じられるかは、ハイネ様次第ですが」

僕は、途中からメモを取る手が完全に止まっていた。

聞いていた話と違う。

僕が知っている話とは、シュビラウツ家の印象が全然違ってしまう。

「ちなみに、このお屋敷に仕える者達は全員、ロードデール王国時代から仕えてきた家の者達です。カウフ様は、シュビラウツ領がファルザス王国に編入される際、領民に全てを話されました。その上で領民も一緒に敵国に行く必要はないと、引っ越しを勧められました。もちろんその際、ひとりひとりに多額の補償金を出すとまで仰って。しかし、ほとんどの領民は、わたくし達のように残ることを選んだのです」

「それはなぜ……ですか……」

マルニードさんの目が細められた。目尻にできた柔らかなカラスの足跡に、愛《いと》おしさを感じてしまう。それほど彼が醸し出す空気は、焼きたてのパンのように温かく丸っこい、幸せを感じるようなものだった。

「わたくし共はカウフ様を存じ上げませんので憶測にはなりますが、おそらく、皆カウフ様が……シュビラウツ家が大好きだったのでございますよ」

彼の言葉は、到底嘘や見栄とは思えなかった。

◆

「また来ます」との言葉とお礼を言って、僕はシュビラウツ家を後にした。

ちょっと衝撃が強すぎる。

僕が見ていた『裏切りの悪徳貴族』はどこにもいなかった。

「リエリア様のことを聞くつもりだったけど、その前段階でお腹《なか》いっぱいになっちゃったよ……」

と言いつつ、僕の手は腹ではなくこめかみを揉《も》んだ。

「どうしよう……記事にできないかもしれない」

僕の記事が載るのは、由緒正しき情報新聞ではない。

下世話な話や嘘を面白おかしくまぜた、平民の娯楽新聞であるゴシップ紙だ。

「誰も、正しいシュビラウツなんか望んじゃいないよ……っ」

金と保身のために国民を捨てた、傲慢《ごうまん》で、金満で、孤高を気取った独善的な貴族――そんな物語の悪役みたいな姿を望んでいたのに。

決して、国王が引き留める中、自国民の平穏を優先して敵国に渡った、情の厚い貴族であってはいけないんだ。

頭の中で、マルニードさんから聞いた話がグルグル回っている。

「――ん？　そういえば、停戦協定が五代目までって？」

そんな話、初めて聞いたぞ。

「それと、シュビラウツ家がファルザス王国に仕えるのも同じく五代目までだって？」

先日亡くなった彼女は、何代目だったのだろうか。

そんなことを考えながら歩いていたら、不意に声を掛けられた。

「へえ……君、面白いこと言ってるな」

驚いて顔を上げると、背の高い銀髪の男が、意味ありげな笑みを浮かべて立っていた。

三章　ロードデール王国の商人イースI

1

男――イースが、シュビラウツ家の屋敷から、生気の抜けたトボトボとした足取りで出てきた青年に声を掛ければ、ビクッと肩を揺らして顔を上げた。

警戒しているのが丸わかりの青年の様子に、イースは肩をすくめる。

「悪い悪い。君があまりにも亡霊みたいな顔して、普通のことを呟いてたもんだから。少し興味が出てしまってね」

「普通のことって……ていうか、あなた誰ですか」

青年がイースを上から下まで、じっくりと品定めするように眺める。

イースはニッと並びの良い歯を見せて笑うと、腰を折った。

「これは失礼した。俺はロードデールの商人でイースっていう者だ。シュビラウツ家には取引のことで訪ねたんだが……」

首後ろで結われた銀色の細長い髪が肩口から滑り落ちる。イースは顔を上げると一緒に、髪を手で背中へ払った。

「ぼ、僕は記者のハイネですが――って、え！　ロードデールの商人なんですか⁉」

たちまちハイネの顔に生気が戻る。水を得た魚のように生き生きとしている。

「あのっ！　ロードデールでのシュビラウツ家の評判ってどうなんですか！　やっぱり自国を裏切っていったんだから、相当に嫌われてるんじゃないですか！」

「おいおい、いきなり元気だな」

ペンとメモを取り出し、飛びかかるようにして近付くハイネを、イースは手で落ち着けと制した。

「あ、すみません。つい……」

イースは苦笑しつつ、いいよと流す。

「そうだな。シュビラウツ家なあ……確かにファルザスに行った当初はそれなりに叩かれてたって話だな。裏切りだとか、ファルザスと一緒にロードデールを手に入れるためだとか」

「やっぱり！」

ハイネのペンが、すらすらと紙の上を走る。

「だが、それもすぐに国王がなだめたんだったか……。シュビラウツの想いを話して、全ての国民の知るところになったみたいだ。だから、今こうして俺達は遺恨なくシュビラウツ家と取引してるんだし」

分かりやすいほどに、ハイネのペンが鈍くなった。

どうやらこの取材熱心な青年は、内心がペン先に宿るらしい。

何を期待していたのかばれればれで、この先記者としてやっていけるのか他人ながら心配になってしまう。

「にしても、五代条項を知らなかったのか。ロードデールじゃ当たり前に皆知っているが、もしかして君だけが知らないのか？」

「五代条項？」

「停戦協定における条件は全て、五代先までのものっていう」

「え、どうでしょう？　貴族の方々は分かりませんが、多分平民は間違いなく知りませんよ。それどころか、僕達が知っていたシュビラウツ家の話も少し……その……違ったみたいですし。あっ、ていうか当主が亡くなっても、取引って続けられるものなんですか!?」

必死に話題を変えようとしているのが実に微笑ましく、イースは下瞼《したまぶた》を持ち上げた。

「シュビラウツ家とロードデール側の取引は長いからな。当主不在くらいで滞るような取引の仕方はしていないよ」

「それもそうですね……」

とうとうハイネは、メモの間にペンを挟んで閉じてしまった。

「ありがとうございました。すみません、足を止めさせてしまって」

「いやいや、俺から話しかけたんだし気にしないでくれ」

「それじゃあ、僕はこれで」

「ああ」

被《かぶ》ったキャスケットを手で浮かせ、ペコッと軽く頭を下げて去って行くハイネを、イースは片手を上げて見送った。

「ちょうど良い……君が真実にたどり着くことを祈っているよ」

2

「やあ、こんにちは。さっき、そこで面白い記者に会ったよ、マルニード」

「いらっしゃいませ、イース様。それはおそらくルーマーというゴシップ紙の記者様でしょう。先ほどまで当家についての話を聞かれて行かれましたから」

やってきたイースを、マルニードは応接室ではなく、先代当主の執務室があった部屋へと連れて行く。イースも慣れたように、あたりをキョロキョロとすることもなく、実に堂々と後ろをついて歩く。

「ゴシップ紙か、なるほど。だからあんな亡霊みたいな気落ちの仕方をしてたのか。ゴシップ紙は、他人の不幸が最高の飯の種だからな。書かれる対象は悪ければ悪いほど良い。しかも、悪役令嬢との呼び声高かったご当主様が首を吊ったとなれば、最高のエンターテイメントだ。自国の王子の失態なんか霞《かす》むくらいのな」

「むしろ、『それなら仕方ない』と自国の王子を擁護する理由になるのですから、皆様喜んでゴシップ紙を買うでしょうし、吹聴するでしょうな」

「ははっ、俺もそのゴシップ紙を読んでみたいね」

そうして二人は、黒い金庫が置いてあるだけの白い部屋へと躊躇《ちゅうちょ》なく踏み込んだ。しかし、そこで歩みを止めずにさらに進む。

右奥の壁をマルニードの手が強く押すと、壁だった一部がガコンと音を立てて開いた。マルニードは当然だが、イースも同じく、まっさらな壁が開いたというのに驚く様子はない。

壁の奥に広がっていたのは、それこそ『執務室』というに相応《ふさわ》しく、本棚に入りきらなかったものが床の上にも侵食した、紙類にあふれた部屋だった。机の上や床に散乱する本や紙には、各貴族家の歴史や、ここ数年で起きた事件などが書かれており、統一感がない。

イースは散乱したものを踏まないように丁寧な足取りで、山積みにされた本に埋もれたソファへと向かった。

腰を下ろすと一緒に「ふぅ」という溜《た》め息《いき》が自然と漏れる。

マルニードは向かいに立ったままだ。

「……まあ、記事が書ければだけどな」

イースとマルニードは視線を合わせると、互いに片眉だけを上げて同意とした。

「そういえば、どうだ？　あの遺言状に反応を示した者はどれくらいいる」

「当初は平民など国民の大多数が反応しましたが、それも今では落ち着き、実際に動かれているのはナディウス殿下と、親族のハルバート様です。わたくしが確認できた限りは、ですが。もしかすると、水面下で動いている貴族の方がおられるかも知れませんが、おそらく印章で全員足踏みされているのでしょう」

書類にサインと一緒に印章を用いるのは、ロードデール王国にはないファルザス王国特有の文化だ。ロードデール王国にも家紋や印章はあるが、それは封蝋《ふうろう》に押印したりするもので、書類はもっぱらサインのみ。意思決定に印章を使うことはない。

「印章か……。サインだけ真似ればということがなくなるし、もしかすると印章文化は良いのかも知れないな。俺も検討してみるか」

「ふふ、イース様がお仕事熱心なようで安心しました」

ふっ、とイースが片口を上げた。

「だがまあ、今回のように印章の在処《ありか》が分からないと一苦労だな。それに、盗まれたらそれこそ大事になりかねない」

「善《よ》し悪《あ》しですな」

お互いに肩をすくめると、イースはソファの背もたれにのっしりと身体を預けた。

天井をあおぐと、比較的新しく染みひとつないそこに、ひとりの女性の姿が浮かんでくる。

「……彼女は初めて会った頃から賢かったな」

「先代当主様がまだご存命の時は、智将と言われたカウフ様の血を色濃く受け継いでいるのはリエリア様かもしれないと、よく仰っておいででした」

「俺が初めて会った時……俺が十七だったか……彼女は、先代様の背中に隠れたただの少女でしかなかったのに……」

◆

『ほら、リエリア。父さんの大切な方だよ。ご挨拶を』

言いながら、シュビラウツ伯爵は、背中に隠れていた少女の背を手で押し出した。

彼の腰までしかない小さな少女は、怖《お》ず怖《お》ずとイースの前に出てきて、貴族令嬢らしくカーテシーをした。

『は、はじめまして、イース様。えっと……リエリア・シュビラウツと申します』

足の引き方や、腰の落とし方はまだまだぎこちなく、父親の仕事の邪魔にはならぬように懸命に振る舞っている姿が微笑ましかった。

美しい艶のある真っ黒な髪は、父親譲りなのだろう。

瞳の色と同じヴァイオレット色のリボンが頭のてっぺんで結んであり、まるで精巧な人形のように美しかった。

十歳だと聞いていたが、それにしては人見知りするところといい、少々幼さを感じた。

だが、貿易品の中に興味を引くものを見つけると、彼女はたちまち目を輝かせた。

近くにいる者達に近付いていっては、

『あのっ、こちらの果物はどうやって食べるのでしょうか！』

『えっと、この機械はどのように使う物なのですか？』

『それですと、普通に使うほかにも水のくみ上げなどにもつかえそうですね』

などと積極的に話を聞いて回っていた。

その熱量は、売り主であるこちらが嬉しくなるほどで、彼女はあっという間に大人達に囲まれていた。商売人は得てして、自分が扱う品物に興味を持つ人間に好感を抱きがちだ。

特に彼女の質問はこちらが舌を巻くようなものが多く、着眼点の鋭さや、利用方法を考える姿は子供なのを忘れるほどだった。

きっとこの頃から、才女の片鱗《へんりん》は表れていたのだろう。

しかし、最初の恥ずかしがりな姿はどこに……なんて思って見ていると、彼女は突然顔を赤くして父親の後ろに隠れてしまったのだ。

どうやら話を聞くのに熱中しすぎて、自分の周りに人が集まっていることに気付いていなかったらしい。落ち着いて自分の状況に気付いたら、また恥ずかしがりの少女に戻ったようだ。

父親の背中に隠れた彼女は、ちょっとだけ顔を覗《のぞ》かせると、照れたように笑った。

皆、リエリアのクルクルと変わる表情に、自然と心を奪われていた。

自分も、天真爛漫《てんしんらんまん》な愛らしい子だなと微笑ましく思ったものだ。

◆

彼女の懐かしい姿に思いふけっていたら、マルニードの声で現実へと引き戻される。

「そういえば、イース様は今おいくつに？」

「二十七だ。そうか……あれから十年も経ったのか」

「初めて会われたのは、リエリア様が十歳の時でしたか。確かにその頃は、リエリア様はまだあまり人慣れされておりませんでしたね。そのため少しでも人に慣れるようにと、先代当主様が商取引の際は一緒に連れて行かれておりました」

マルニードは詳しく『人慣れしていない理由』については話さなかったが、イースも特に掘り下げて聞こうとは思わなかった。大方、想像はつく。

当時は、彼女の人見知りを『少々幼い』としか思っていなかったが、今ならばなぜ人に慣れていなかったのかよく分かる。

そこら中で囁《ささや》かれている噂を耳にすれば、シュビラウツ家に向けられていた目がどのようなものか想像に難くない。

そんな中、彼女が外部の人間と接する機会が極端に少なくなるのは当然ともいえた。

「それで、再び彼女を見たのは先代様の葬儀の時だったか……。驚いたよ、あまりの変わりぶりに」

次に天井に描きだされた十七歳の彼女は、隠れる背中を失ったというのに、堂々とひとりで立っていた。

彼女の両親の葬儀は、伯爵という上級貴族に不似合いな質素なものだった。

参列者は使用人や領民ばかり。ひとり、親族らしき貴族がいたような気もするが、それくらいだ。

普通であればあり得ない。

自分も伯爵に世話になった者として葬儀に参列したかったが、ロードデール王国の者ということで、

堂々と顔を出すことは憚《はばか》られた。仕方なく、少し離れた木の陰からひっそりと追悼の念を送るに留めたのだが、そこで彼女を見た。

彼女は涙も流さず、少し色あせた唇を引き結んで、棺が土に覆われるのをじっと見つめていた。

しかし、涙は流していなかったが、きっと泣いてはいたのだろう。

こすりすぎたのか、ヴァイオレットの瞳だけでなく、目の周りまで赤くなっていた。

日焼けしていない白い肌と、真っ黒なドレスと真っ黒な髪。黙祷《もくとう》によって彼女の瞳が隠されれば、白と黒だけになった彼女は誰よりもその場に相応しかったと思う。

天真爛漫だったあの頃の面影はなく、死だけが彼女を取り巻いていた。

その中で最後に彼女の頬に流れたひと雫《しずく》は、あまりにも静かで、あまりにも透明で、震えそうになるくらい美しかったのを覚えている。

そして、次にヴァイオレットが自分に向けられた時、きっとその時に自分の全てを彼女に持って行かれたのだと思う。視線も心も全て……。

「俺は、彼女の手足となるだけだ」

天井に描いた彼女の姿に向かって手を伸ばす。

しかし、それはふっと霞《かすみ》となって消える。

彼女はいない。

「そう……思っていたんだがな……。マルニード、悪い。俺もこの遺言状に参戦することにしたよ」

マルニードが静かに目を見開いた。

あれだけ彼女を蔑《ないがし》ろにしていた者達が、今や自分が一番彼女を愛しているなどと声高らかにほざいている。

実に腹立たしい限りだ。

彼女のことを何も知らないくせして。

「やはり、彼女の全てを手にするのは俺でいたい」

彼女の全ては誰にも渡さない。

四章　盗人テオ

1

大陸北に位置するファルザス王国は、鉱山資源が豊富である一方、硬い大地と乾燥した気候で農産物は決して豊かとは言いがたい。

反対に、大陸南に位置するロードデール王国は、温暖な気候と雨のおかげで農産物は豊富だが、山より平野部が多く、鉱山資源は少ない。

唯一、ファルザスとロードデールに挟まれたシュビラウツ領だけが、両国の特徴を持っている。領内の北部に岩山をもち、南部は平野になっている。

その北部の岩山にほど近い、開けた場所――そこは、代々シュビラウツ家と領民のための共同墓地となっていた。


夜。その墓場にひとりの男――テオがやって来た。

肩に大きなスコップを担ぎ、おどろおどろしい雰囲気の墓場に場違いな鼻歌を響かせている。

「しっにんに口なっし～かっねなど無用ぉ～生っきてるだけで～まっる儲けぇ～」

などと、死者を冒涜《ぼうとく》する内容を、調子外れながら本人はとても楽しそうに歌っていた。

「あーあ。せっかく誘ってやったのに、皆罰当たりだって言いやがって……。絶対、分け前は渡さねーかんな」

一種の境界線のように深い木々に囲まれた墓地は、月明かりの下にあっても影が色濃く覆っていて薄暗い。

テオは墓標に刻まれた名前を、ひとつひとつ顔を近づけて確認していく。

「リィ、り、リ……これじゃない、リィ……リーってこれも違う」
リ、リ、リと、ぶつぶつ口ずさみながら、掌《てのひら》に書かれたのと同じ文字を探す。
テオは文字が読めない。書けもしない。だから、文字の読み書きができる仲間に『リエリア・シュビラウツ』と掌に書いてもらったのだ。

墓標を半分くらい確かめ終わったところで、テオは墓地の中で一段高くなった場所があることに気付いた。

木々の影がかからぬその場所は一際輝いていて、墓標も他のものより装飾がかかっている。

テオは、『お！』と口を丸くすると、機嫌良さそうに口笛を吹き、輝く墓地へと小走りに駆け寄った。

近付くにつれ、影から抜けたテオの姿が月明かりに露わになっていく。

あどけなさの残る煤《すす》けた顔には、濁った黒い瞳が二つはまっていた。頭と首に巻かれた布によって髪は隠され、その布もまとっている衣服もやはり顔同様に煤けており、もう肌寒い季節だというのに薄手のシャツ一枚という貧相な格好だ。

街では奇異の目を向けられる格好だが、貧民街の中ではこれが普通である。

「やったね！　あったじゃん、これこれ！」

掌の文字とひとつずつつき合わせて確認すれば、それこそまさしくテオが探していたものだった。

人けのない時間に、ひとりでスコップを持って墓場に来るなど、その目的は一目瞭然。

テオは躊躇いなく、墓標の前の大地にスコップを突き立てた。

「お、まだ硬い……ってことは、まだ誰も掘り返してないってことだよな！」

テオは勝ち誇ったように笑むと、両手でスコップを握りしめどんどんと掘っていく。

「なんで皆、場所が分かってんのに掘らないんだろう？　棺の中に印章があるって分かったんなら、棺を開けて盗《と》ればいいのに」

テオはさも当然だとばかりに、首をかしげた。

遺言状とか婚約書とか詳しいことは分からないが、欲しいものを手に入れる方法なら知っている。

テオは盗人だった。

日にちが経っているとはいえ、一度掘られた地面は比較的掘りやすく、また、そこまで深い位置に埋まっていなかったこともあり、あっという間にスコップの先がガゴッ、と硬いものを掘り当てた。

思わず、テオの笑みも濃くなる。

さらに掘り進めれば、綺麗な漆黒の棺が現れた。

「にしても、本当ここの家って嫌われてるよねぇ。三年前もあんなことになるし、今回も……って、今回はお嬢様の自殺か。まあ、前回お屋敷を火事にしちゃったのはオレだけど」

三年前、シュビラウツ家に盗みに入ろうとして窓から踏み入った時、相手とちょうど目が合い、驚いた拍子に机にあった燭台《しょくだい》を倒してしまった。

本やら紙やらがたくさんあった部屋は、あっという間に火の海となり、テオは何も盗らずすぐに窓から引き返したのだ。

その後、燃え跡からシュビラウツ夫妻の遺体が出たと聞き、ちょっとだけ申し訳なく思わないこともなかった。

「逃げたと思ったんだけどなあ……まあ、結構な範囲燃えたみたいだし巻かれたのかな」

それに、テオにとっては貴族がひとりふたり死のうと、どうでも良かった。

自分達より遥かに良い暮らしを長年送っていたのだ。しかも、相手が悪徳貴族のシュビラウツであれば余計にどうでも良い。

「結局、前回は何も盗めずだったけど……その分、今回はたんまりと稼がせてもらうからね！」

今、国中で噂の『リエリア・シュビラウツの遺言状』。

一時期は僻村の年老いた農夫までも、婚姻書片手に教会へと走ったというではないか。元々シュビラウツ家が金持ちであることは把握していた。しかし、どうやら自分が思うよりも『シュビラウツ家の全て』というのは、果てしない価値があるらしい。

平民、貴族、王族全てが翻弄《ほんろう》されるほどだ。

「おっ、意外と釘があまいな」

スコップの先を蓋の隙間にねじ込み、柄《え》を揺らしてこじ開ければ、すんなり隙間が空いた。

王子は印章が欲しいと言っていた。

「オレじゃ多分、シュビラウツ家の色々が手に入ったところで、どうせ使い方も分かんないし、それならさっさと金だけもらったほうが得だよな」

あんなに声を荒らげるほど欲しがっていたのだ。

「王子様だし、きっと言い値で買ってくれるだろ」

瞬間、バキッという乾いた音がして蓋が開いた。

「やった！」

分厚い蓋をずらし、その下で眠る者の姿を慎重に確認する。

死んでから日が浅いからか、それとも気候のせいか、開いた蓋の隙間から腐敗臭が漂ってくることはなく、むしろ花の良い香りだけが広がった。

「身につけてるって言ってたし、きっと指輪かなあ？」

と、はやる気持ちで、隙間から手だけを先に棺に突っ込んだ次の瞬間。

「――ッん゛あ!!」

重い衝撃を後頭部に受け、テオはぐるんと白目を剥《む》いて沈黙した。

2

次にテオが気がついた時、墓地は涼やかな朝もやに覆われていた。

「…………え？」

身を起こして隣を見ると、綺麗に埋められたリエリア・シュビラウツの墓がある。

「あれ？　どういうこと？　夢？　え、どっちが？」

確か、自分は隣の彼女の墓を掘っていたはず。しかし、穴どころか掘っていたはずのスコップもない。

ただ、スコップの代わりに、手の中にはゴツゴツしたものがあった。

「なんだ？」と、手を開いてみれば、そこには直方体のキラキラと金色に輝くものが。

「こ……これって……！」

直方体の先端面には、シュビラウツ家の門に描かれていたような絵が彫られている。

「印章だ!!」

どうやら気を失う前に、自分の手はしっかりと、棺の中からお目当てのものを掴《つか》んでいたらしい。

「やったー――ッ痛《いて》て……」

両手を天に突き上げた拍子に、後頭部に鈍い痛みが走る。やはり昨夜感じた衝撃は現実のものだったようだ。

もしかすると、墓守に見つかって殴られたのかもしれない。

「これでオレは大金持ちだ！」

どうやら殴られ損にならずにすんだようだ。

テオは、印章を大事にズボンのポケットにしまうと、鼻歌を歌いながら、朝もやの中を泳ぐようにして駆け去っていった。

第二部　役者は舞台の上で踊る

一章　王子ナディウスII

1

「くそ……くそっ！　嘘だろう、どうなってるんだ!?　なんでこんなにもないんだ！」

ナディウスは、王宮書庫の書類をぶちまけ、両手で頭を抱え込んだ。

シュビラウツ家から戻ってきたナディウスは、しばらくはどうしたものかと考えあぐねる日々を送っていた。

印章が墓の中だとは分かったが、さすがに墓を暴くことはできない。

いくら墓の中の女のせいで困った状況に立たされていようが、結婚式から逃げ出そうが、最低限の倫理はもっている。

ナディウスとしては、正直シュビラウツ家の全てなどそこまで欲しくはない。

『墓の中ならどうせ誰も手出しできないし、もうこのままうやむやにして、こっそりと国が回収してしまったほうが良いのでは？』と、思いはじめていたくらいだ。

しかし、国王である父がそれを許さなかった。

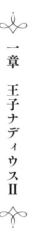

顔を合わせる度にやれ「進捗《しんちょく》はどうなっている」だの「いつになったら結婚できるんだ」などと、まるで生きた花嫁との結婚準備を尋ねるような神経質さだった。

元々、父は国民に賢王と呼ばれるほどの人物である。

リエリアを婚約者にしたのだとて、もしかすると若くして両親を失い他家からの支援も望めぬ身だからと、慈悲で手を差し伸べたのかもしれない。

王家が後ろ盾となれば、他の貴族も滅多なことは言えなくなる。

国民に対しては優しい王であり、王家の長としては怜悧《れいり》であり、父としては尊敬できる人だった。

それが今やどうしたことか。

ここまで苛立《いらだ》っている父は初めて見た。

猫が毛を逆立てているようで、迂闊《うかつ》に触れてはならない雰囲気がある。やはり、王家の威信に傷がつくのを恐れているのかもしれない。

自分が結婚式から逃げるという失態を犯してしまったせいで、父が焦っているのかと思えば、渋々ではあるが言うことは聞いておこうという気にもなる。

ナディウスは印章探しから『どうやったらリエリアと結婚できるか』という方向に思考を切り替えた。

なんとしてでも結婚しなければ、それこそ本当に父に殺されそうだ。

そこで考えついたのが『偽造印』。

しかし、印章を偽造するにも見本がいる。

印章には必ず、印影と家名が記された『登録証』があり、それは貴族院によって厳重に管理保管されており、たとえ王子といえど簡単には閲覧できない。

それもこれも、ナディウスのような考えの者に偽造させないため。皮肉なことだ。

「くそっ！　登録証さえ見ることができれば、こんな苦労は不要なのに……っ！」

それ故に、ナディウスは今現在、王宮書庫に保管された膨大な書類の中から、シュビラウツの印章が押印してある書類を探す羽目になっているのであった。

しかし、捲《めく》れど読めどシュビラウツ家の印章どころか、名前すら見当たらない。

「そうか、中央から締めだしていたせいで、シュビラウツの意見書なども当然ないのか……！」

本来、伯爵位であれば議会に呼ばれることもあるだろうが、他の貴族達から疎まれていたシュビラウツ伯爵は、議会に臨席したこともない。召集すら掛かっていなかったのだろう。

おかげで、何年遡《さかのぼ》ろうとも、議事録には他の貴族達のサインと印章はあれどシュビラウツ家のだけは見当たらなかった。

「陳情書くらい出してくれていれば良いものを」

領地や政治に関する不満をツラツラと書き、『どうにかしろ！』と訴えてくるのが陳情書なのだが、それすらない。

自分たちの置かれた立場にも、領地にも、なんら不満はなかったということか。

「そういえば、シュビラウツ伯爵が何かしたって話は聞かないよな……リエリアも静かだったし」

彼女を初めて見たのはいつだっただろうか。

◆

それは、ナディウスが十歳の頃。

『なあ、あの悪役令嬢――シュビラウツ家の令嬢が来てるってよ』

コソコソと耳打ちしてきた友人の言葉に、ナディウスはホールを見回した。気付けば、至るところから『あれが例の悪徳貴族』だの『噂の悪役令嬢』だのというヒソヒソ話が聞こえていた。

この年の新年会は珍しく、シュビラウツ伯爵が出席していた。

伯爵位を持つのに、一切の参政をせず領地に引きこもって沈黙を守るシュビラウツ伯爵は、ナディウスにとって不気味以外の何者でもない。

噂だけはよく聞こえてくるのに、本人を見るのもこれが初めてだ。

耳に入る噂はどれも悪いものばかりで、内心「そんな悪徳貴族なら領地に引きこもってくれていたほうがありがたい」と思っていたほどだ。

だから、初めてシュビラウツ伯爵を見たというのに、抱いた感情は嫌悪に近いものだった。

当然、その傍らに立つ少女にも嫌悪感がこみ上げる。

『確か、悪役令嬢って俺達と同じ年だったはずだよな』

ということは、十歳か。

周囲を見回せば、自分と同じくらいの年頃の令嬢達もたくさんいる。彼女達は友人同士で会話に花を咲かせ、お互いのドレスや装飾品を褒めあっていた。

キャッキャと甲高い声が少々耳障りではあるが、まあこれが普通の貴族令嬢というものだ。

なのに、彼女は遠くを見たまま誰とも話そうとしない。

シュビラウツ家の者に話しかけようという者がいないのだろうが、であれば自分から視線を送ったり、挨拶に近寄ったりくらいはできるはずなのだが。彼女は石像にでもなったように、シュビラウツ伯爵の傍《そば》から離れなかった。

友人ができずいじけているのかと思ったが、表情を見る限りそれも違うようだ。彼女の顔には悲しみも怒りも羞恥も何もなかった。

『なんだか暗い女だな』

友人が言った言葉に少々違和感を覚える。

『暗い……というより物静かだな』

微動だにしない彼女の視線の先が気になって追ってみたが、特に誰がいるわけでもなかった。

まるで、周囲の者など彼女の視界には入っていないかのようだと、ナディウスは思った。

ホールを埋め尽くすほどの人がいるのに、今この国で一番煌《きら》びやかな場所にいるというのに、彼女の美しい紫色の瞳には何も映っていなかった。

彼女は無関心だった。

なんだか、自分が将来治める国を、この場を「つまらない」と言われているようで、妙に腹立たしく思ったものだ。

『チッ……裏切り者のくせに』

それ以上は彼女を見ていたくなくて、ナディウスはリエリアに背を向けた。

そして、気付いた時にはシュビラウツ伯爵もリエリアもホールから姿を消していた。終始静かな貴族だった。

◆

書類の中でも、相変わらずシュビラウツ伯爵はとても静かだった。

ナディウスは、壁を伝うようにずるずるとしゃがみ込み、散らばった書類の上に腰を落とした。

天井を仰ぎ、後頭部を壁に打ち付けた。大して痛くはない。

「ミリス……君は今、どうしているんだい」

ミリスに会いたい。

もしかして、無理矢理引き離され泣いているかもしれない。

父には、リエリアと結婚できるまで、ミリスとは接見禁止と言われている。

「大丈夫だよ、ミリス。絶対に迎えに行くから……。リエリアとの結婚式の日、会いに来てくれて嬉しかったよ。婚約破棄以降、ずっと会ってくれなかったのに……やっぱり、お互い忘れられなかったんだな……」

そんなミリスを妻に迎えるためにも、なんとしてでも見つけださねば、と両頬を軽く打って気合いを入れた時だった。

「殿下っ！　ナディウス殿下！」

扉を叩く音と、侍従の焦った声が書庫の入り口から聞こえてきたのは。

自分が書庫に入っている間、誰も近づけるなと、書庫の入り口に待機させていた侍従だ。

「何かあったのか」

重い身体をのそのそと起こし、扉を少しだけ開けて様子を窺えば、侍従は途端に声をひそめて耳打ちしてきた。

瞬く間に、ナディウスの怠惰な顔が驚愕《きょうがく》のものへと変化する。

「――っい、印章が見つかっただと⁉」

2

ナディウスが必死になって印章を探していることは、王宮内でも最大の秘事だ。

ただでさえ自ら結婚式を逃げておいて、シュビラウツ家の全てが手に入ると分かった瞬間、血眼になって結婚しようとしていることが露見すれば、さらに王家への風向きが悪くなるというもの。

できれば、『実はリエリアから愛の証として印章は渡されていた』くらいでないと、と考えていたところだ。

そんなところ、突如として現れた印章。

「神はまだ僕を見捨ててはいなかった！」

ナディウスは印章を持ってきたという者が待つ部屋へ、上機嫌で足を踏み入れた。

「やあ、シュビラウツ家の印章を持ってきたというのは君か――っ⁉」

待っていた少年のような男の姿に、ナディウスは口にはしなかったものの、「うっ」と歓迎に広げた両手を硬直させた。

少年は上から下まで汚れに汚れ、白いところがひとつもない。

見るからに分かる、平民以下の者だ。

全身から近寄りがたい臭いを発しており、正直なところ今すぐにでも追い返したい。

しかし、印章を渡してもらうまでの辛抱だと、ナディウスは顔に笑みを張り付ける。それでも近くには寄らず、入り口で足を止めたままだが。

「へへ、オレ、テオって言います。シュビラウツ家の印章ってやつを、王子様が探してるだろうなって思って持ってきたんですよ」

「そうか、テオ。さっそくだが印章を見せてもらえないかな」

テオはズボンのポケットから何かを取り出し、ナディウスに取りに来いとばかりに拳を突き出した。

王子に向かってなんたる態度か、と思ったもののの相手が相手だ。礼儀など知るはずもない。

ナディウスは部屋にいた侍従に顎先で『取って持ってこい』と命令する。

そうして手にした直方体の印章には、確かにシュビラウツ家の家紋が鏡映しに彫りこまれていた。

――マルニードが身につけていると言ったから、てっきり指輪型だと思っていたが……。

「……この印章はどうやって手に入れたんだ？」

「リエリア・シュビラウツの墓を掘り返してですけど」

あっけらかんと言い放ったテオの言葉に、ナディウスも侍従も「は？」と、目も口も丸くした。

「は、墓を掘り返した……？」

墓を暴くなど、そんなことを本気でする奴がいるとは思わなかった。

死者の冒涜どころではない。死者の凌辱《りようじよく》ではないか。

平民以下だと思ったが、どうやらこういう類《たぐ》いの人間は、人間ですらないのかもしれない。嫌悪感がこみ上げるが、同時に手の中にあるものへの興奮もわきおこる。

——リエリアの墓の中から出てきたのなら、間違いなく本物じゃないか！

「テオ、この印章を他の貴族などには見せていないね？」

「もちろんです！　真っ先に王子様のところへ来たんですから」

ナディウスは安堵に眉を下げた。

「君の忠義に感謝す——」

「だって、一番お金持ちでしょ」

汚い歯を見せてにっこりと笑う少年の顔面を、衝動的に殴りたくなった。

「それで、いくらで買い取ってもらえます？」

さも、それが当然だとでも言うように、テオは掌をこちらへと差し出してきた。

——このドブネズミが……っ。

「確かに、君にはお礼をしなければならないな」

「じゃあ――！」

目を輝かせたテオを、ナディウスは待てと手で制す。

「だがまずは、これが本物かどうか確かめてからだ」

「ほ、本物ですよ！　だって、確かに彼女の棺の中から盗ったんですもん！」

「静かに、テオ。本来、墓荒らしは裁かれるべき罪だ。黙っていてほしければ騒がないことだ」

「……っはい」

「ひとまず、これは僕が預かろう。真贋《しんがん》の確認が済むまで君は王宮に滞在するといい」

ナディウスは侍従に目配せをすると、部屋を出てすぐに国王の元へと向かった。

◆

「――ということですので、父上、もうご安心ください」

国王の執務室に入るなり、ナディウスは印章を見せて経緯を話した。

結婚式の日以降、厳しい顔しか向けてこなかった父の顔が、やっと国民に見せるような柔和なものになる。

「正しい行いをしていれば、こうして運も味方してくれるというもの。分かった。登録証の件は私から貴族院へ指示を出そう」

国王は己の侍従を手招きで呼び寄せると、サラサラと書き付けた紙を渡す。受け取った侍従は、分かったようにすぐ部屋を出て行った。

「貴族院の保管庫を開けるには鍵が二つ必要でな。それぞれ別の者が鍵を管理しておる。今、侍従に貴族院宛ての手紙を持たせたから、明日には鍵を持った者達がやって来るだろう」

「ありがとうございます、父上！」

久しぶりに親子で笑みを交わした瞬間であった。

「して、その印章を持ってきたという者はどうした？　まさか、そのまま帰してはいないだろうな？」

国王の目が閃《ひらめ》いた。一瞬にして、父から王の顔へと戻る。

「大丈夫ですよ。真贋がはっきりするまでは王宮に留《とど》まらせるつもりです」

「よろしい。分かっておるだろうが、他者の目がないところにな」

「もちろんですよ」と、ナディウスは力強く頷いた。

ドブネズミには王宮に留まるよう言っているが、王宮は広い。今頃侍従が上手いこと連れて行っているだろう。

「ドブネズミには地下がお似合いですよ」

ナディウスの言葉に、国王の口端がふっと歪んだ。

3

翌日、貴族院の者が呼んでいるとの知らせを受け、ナディウスは「来た！」とはやる心を抑えつつ、貴族院の者達がよく使う部屋へと向かった。

部屋に入ると、飴色《あめいろ》に輝く重厚な一枚板の机の上に、一冊の本が用意されていた。古びた革表紙は角《かど》やページをめくる場所が擦れており、随分と古さを感じさせる。

これが登録証の本なのだろう。

「ごきげん麗しく、殿下。この度は、シュビラウツ家の印章のご確認と伺っておりますが」

立ち会いだろうか、二人の貴族が机を挟んだ反対側に立っていた。

「ああ、間違いない。リエリア嬢と交際していた時、私にと贈ってくれたものの中に入っていた。私の一時の気の迷いで彼女をこんなふうにしてしまい、しばらくは触れることすらできなかったが……彼女との思い出を振り返りたくて、先日いろいろと見返していたら印章がぽろっと出てきてな」

「リエリア様の件につきましては残念でございました」

三人の間に哀感が漂う。

実に白々しい。

どうせ、三人が三人とも残念ともなんとも思っていないのだから。

遺言状の件は当然この貴族達も知っているだろう。それに関わるということで、一応の格好は必要といったところか。

「それではどうぞご確認を」

スッと目の前に本を押し出された。

どうやら、立ち会いの二人は最後まで一緒に見守るようだ。

――だが、それじゃ困るんだよ。

印章が本物であれば、このまま印章を自分のものにしてしまえばいい。

だが、もし偽物であれば当然公表できない。しかし、この二人は自分がリエリアから贈られた印章を持っていると思っている。なのに公表されないとなると、いらぬ疑問を抱かせることになってしまう。

ナディウスは紙にシュビラウツ家の印章を押印し、印章は二人に見せないようすぐに懐にしまった。

「すまないが、どちらかひとりは部屋の外を見張っていてくれないか？　私が印章を持っていることはまだ知られたくない。余計な人間を部屋に近づけないようにしてほしいんだ」

「かしこまりました」

ひとりが部屋を出たのを確認して、ナディウスは本をさらに自分の方へと引き寄せた。分厚い表紙をめくり、パラパラと眺めていく。

「これだけの貴族家があったとはな」

「もちろん廃位済みの家も含まれていますよ。同じ物を与えてしまわないようにするためです」

「なるほどな」

「シュビラウツ家ですと、まだ比較的新しい貴族家でしたので、おそらく前のほうにあるかと」

「あ、ああ……では見逃したかもな。もう半分まできてしまった」

前のページに戻ろうと、慌てたナディウスが本を手に持った瞬間――。

「うわっ！」

「大丈夫ですか、殿下！」

バサバサッ、と本はページをはためかせて床に落ちてしまった。

「すまない、大切なものを」

「いえ、それより殿下にお怪我《けが》は」

立ち会いの貴族が、机の向こう側に消えたナディウスを心配する。しかし、ナディウスはすぐに本を抱えてひょっこりと頭を出した。

「私は大丈夫だ。ありがとう」

「見た目よりも重いのでお気を付けください」

「ああ、気を付けるよ」

再びナディウスは本を広げ、シュビラウツ家の登録証を探しはじめる。そして、数枚めくったところでナディウスは「あった」と言い、先ほど押印した紙を登録証に重ねた。

「ど、どうですか、殿下」

緊張感が含まれた貴族の声に、たっぷりと間を持たせてナディウスは口を開く。

「…………あぁ、リエリア嬢は私を心から愛してくれていたようだ」

パタン、と本が閉じられた。

貴族の顔を見ると、目が面白いくらいに見開き、何か言いたそうに口が半開きになっているではないか。

だが、何と言っていいか分からないのだろう。彼の口から漏れ出るのは空気ばかり。

丸くなった瞳には、『まさか』という驚きと『やはりな』という納得が、半々といった感じに浮かんでいる。

ナディウスは、もう用事は済んだとばかりに踵を返す。

「すまないが、このことは内密に。まだ……私の中で心の整理がついていなくてね」

顔を俯け、眉根をキュッとよせる。

「公表するタイミングは自分で決めたいんだ」

「か、かしこまりました」

「助かるよ」

ナディウスは、弱々しい笑みを見せて貴族院を後にした。


「――あっははは！　楽勝だ！」

自室に戻るなり、ナディウスは懐から折りたたまれた紙を取り出したのだが、それは印章が押印された紙ではなく……。

「まさか、こうも簡単に盗めるなんてな」

『シュビラウツ伯爵家』と書かれた登録証だった。

本を落とした時に、素早くシュビラウツ家のページだけを破り取っていたのだ。

元々ナディウスの狙いは、印章が本物か確かめることよりも、登録証を手にすることにあった。

登録証さえ手に入れれば、テオが持ってきた印章が本物であれば捨てればいいし、偽物であった場合はその登録証を使って、偽造印を作ることができる。

シュビラウツ家は断絶したのだ。この先、登録証を調べようとする者もいまい。膨大な登録証の中から一枚がなくなっていても、誰も気付きはしないだろう。

「まあ、どうせ本物だろうし、ここまでする必要はなかったかな」

しかし、万が一の場合の影響は無視できなかった。何せ、これ以上ヘマをしようものなら、父から頬に拳をもらうだけでは済みそうにない。

「さて、それじゃあゆっくりと検《あらた》めさせてもらうとするか」

今度こそ、ナディウスは押印した紙を登録証に重ね、真偽を確認しようとしたのだが。

「――ッそんな馬鹿な⁉」

重ね合わせるまでもなかった。

登録証に記された印影は楕円《だえん》。

しかし、ナディウスの手元にある印章は四角。

「よくも偽物を……ッ！」

噛んだ唇からは血の味がした。

4

王宮に留まるようにと言われ、テオが連れてこられたのは、なぜか薄ら寒い地下の部屋。

石造りで窓もなく、正面は鉄格子。

さすがに王宮などに詳しくないテオでも、ここが牢屋《ろうや》だということは分かった。

「ねえ、誰かぁー！　なんでオレをこんな所に入れるわけ⁉　ねえってば！　ちょっと誰か王子様呼んできてよー！　ねえってばあっ！」

昨日からこうして何度も声を上げているのだが、反応ひとつ返ってこない。

「あぁもう……腹減ったし……どういうことなんだよぉ……」

テオは鉄格子を掴んだまま、ズルズルとその場で膝をついた。もう丸一日食事もとっていない。叫び続けて喉もカラッカラだ。

すると、コンッと革靴が石畳を踏む、初めて自分の声以外の音が聞こえた。

「あ、ちょっと！　そこの人、話を聞いてほしいんだけど！」

「誰がそこの人だ、無礼な。まったく」

「えっ、王子様⁉」

「キーキーキーキー耳障りな鳴き声だな。さすがはドブネズミだ」

鉄格子の向こう側に現れたのは、テオが印章を渡したナディウス王子だった。

そして、王子の隣にはがたいの良い初老の男が、どっしりとした威厳をたたえて立っており、テオは男の顔を見た瞬間、瞠目《どうもく》して口をわななかせた。

二人の顔立ちはよく似ており、また初老の男の頭上には冠がのっている。

テオは「まさか」と、鉄格子から後ずさりして離れる。

「あ、あんた……」

震えで喉が絞られるのか、テオは掠れ声を発しながら、初老の男を指差す。

「おい、国王を指さしてあんたとは無礼だぞ。やはりドブネズミに礼儀は備わってないのか？」

「こ、国王!? う、うそだ！ だって――」

「騒ぐな」

混乱に声を荒らげたテオを、国王の体躯《たいく》に似合った太い声が遮った。

「口を閉じたまま聞け。君が持ってきてくれたシュビラウツ家の印章は偽物だった。これは王族たる我らを欺《あざむ》き金品を詐取しようとした……ということになる」

「う、うそだ！ そんなはずないよ！ だって、ちゃんとリエリア・シュビラウツの棺から盗って――！」

「口を閉じたまま、というのが分からなかったか、少年？」

決して声を荒らげてはいないのに、国王の声を聞いていたナディウスとテオはぶるりと身体を震わせた。声一つで、場の温度が急速に冷えていく。

テオにいたっては、間違いを犯さぬよう両手で口を塞《ふさ》いでいた。

「つまり、そういうことだ。君には罰が下される」

「舌を引っこ抜かれるくらいの覚悟はしておくんだな。まあ、命を奪われないだけマシと思え」

二人が去った薄闇の中、テオは顔を青くしてガタガタと震えていた。

それから数日後――王都を流れるルベル川で、あどけなさの残る少年の遺体が上がった。

幕間　ゴシップ専門『ローゲンマイム社』の新人記者・ハイネの取材日記Ⅲ

編集長から、ネタが上手く手に入れられないなら暇だろと決めつけられ、「ルベル川で遺体が上がったらしいから、ついでに取材してきてくれ」と、今回の件とまったく関係ない仕事を頼まれてしまった。

正直、わざわざ水死体など見に行きたくない。しかし、新人に拒否権などないのだ。

はぁ、働くって大変だよね。

◆

ルベル川のどこらあたりだろうと、うろうろしているとすぐにその場所は見つかった。やけに人だかりができている。

近付くと、野次馬の「まだ若いのに可哀想に」や「浮浪者か」などといったヒソヒソ話が聞こえてきた。

川縁に引き上げられた遺体は、予想していたよりも綺麗なもので、まるでただ眠っているようにも見えた。ただ、顔色がとてつもなく悪いことを除けばの話だが。

漏れ聞こえた話を総合すると、どうやら浮浪者の少年は暗闇の中、誤って川に落ちてそのまま溺れてしまったのだろう、ということだった。

「ただの事故死だし、とりたてて記事にするようなこともないかな」

あどけなさの残る、僕よりいくつか幼そうな少年。

着ているものは中秋を過ぎたというのに、薄手のシャツとズボンだけという寒そうな格好だ。しかも所々ほつれたり擦り切れたりしているのを見ると、多分貧民街の少年だろう。

僕はそのまま立ち去るのも忍びなく、静かに短めの黙祷だけ捧《ささ》げて踵を返そうとした。

「やあ、また会ったな」

しかし、親しげに掛けられた声で、その場に留まることになる。

声の主を見ると、つい先日シュビラウツ家の前で会ったロードデールの商人だった。

「あなたは、えっと確か……イースさん？」

「正解。さすがは記者だな、記憶力が良い」

「はは、それほどでも」

ちょっと嬉しい。

「君がここにいるってことは、あの遺体を取材に来たのかな？」

イースさんは親指で人だかりの方を指していた。

「ええ、その通り。ですが、記者としては特に面白いネタは何もありませんでしたね。足を滑らせてそのままドボン……っていう話ですし」

肩をすくめて、骨折り損だったとばかりに首を横に振れば、イースさんは「へえ」と意味深な声を出しながら目を細めた。

妙に色気漂う笑みに、僕はちょっとドキッとしてしまった。

イースさんは人だかりの方を、その色気漂う笑みを浮かべて眺めている。秋風に綺麗な銀髪が靡《なび》く。

以前もチラッと思ったが、彼は僕が知っているような一般的な商人とは違うのかもしれない。

着ているものは商人のそれだが、指の運びや腰の折り方などひとつひとつの動作は気品が漂っていた。靡く銀髪は毛先までつやつやで、金持ちだろうことが窺える。

もしかしたら、シュビラウツ家と取引があると言っていたし、貴族専門の商人なのかもしれない。

そんなのあるか知らないけど。

そんなことを思いながら、ぼーっとイースさんの横顔を眺めていたら、いきなり彼が僕に顔をもどしたもんだから驚いた。

しかも、ちょっと悪戯《いたずら》っぽい顔。

「なあ、知っているかい？　溺死ってのは、生きたまま口から身体の中に水が入って、それで息ができなくなるんだ。その時はさ、身体の中に残っていた空気と口から入ってくる水が体内でかき混ぜられて、泡状になるんだよ」

「へえ、そうなんですね」

相槌《あいづち》をうちつつも、僕には『だから？』という感想しかない。

そんな豆知識、ゴシップ紙にはいらないし。同じ豆知識なら、洗濯物を早く乾かす方法のほうが需要はあると思う。

「それでその泡なんだが、死後は身体の中から押し出されて、鼻や口から出て来るんだよ」

「へえ…………え？」

え。

僕は勢いよく、人だかりの方を振り返った。

ちょうど男達の手によって、遺体が持って行かれようとしているところだった。おそらくは、街外れにある集合墓地にでも入れられるのだろう。

僕は、運ばれていく少年の顔をまじまじと見つめた。

彼の顔は、まるでただ眠っているだけのように、目も口もきっちりと閉ざされ、綺麗なものだった。

「え……」

今度は慌ててイースさんの顔を見た。

彼は相変わらず、見とれてしまいそうなほど綺麗な笑みを浮かべていた。

「えっと……つまりは……」

あの死んだ少年は溺れて死んだわけではなくて……？

「あ、そうだ」

「ひっ！」

ひとつの可能性に頭が混乱しはじめた時、ポンと肩を叩かれ、僕は大げさなくらい身体を跳ねさせてしまった。

イースさんがおかしそうに腹を抱えて笑っている。

「ごめんごめん、驚かせたね。実はひとつ君に伝えておこうかなってことがあって。まだ遺言状の件は追っているんだろう？」

「それはそう……ですが……」

「だが、書けるようなネタが手に入らなくて困っている……ってところかな？」

図星だった。

「じゃあ、これを書くと良い。きっと、全国民の注目を集められるんじゃないかな」

思わず前のめりになって、メモとペンを取り出す。

「『シュビラウツ家の全て』を手に入れるために動いているのは……王子のナディウス殿下、親族のハルバート卿、そして異国の商人の俺だ」

「え」

今日はきっと、「え」という言葉ばかりが出る呪いに掛かってしまったに違いない。

「イースさんもですか⁉　え、でも、あなたは異国――ロードデール王国の人間ですし」

「身分に定めはないはずだよ。だったら異国だろうが構わないはずだ」

確かに遺言状の言葉を素直に受け取るのなら、そうなんだろうけど……。

「俺より、きっと王子様と親戚殿のことに注目した方がいいと思うぞ。そういえば、つい先日、いかにも貧民街から来ましたって少年が、王子様に会わせろって王宮を訪ねたらしいよ。衛兵達が話していたな」

僕はもう一度、背後――遺体があった場所を振り向いた。が、遺体はすっかり運ばれて、もう見ることはできなかった。

そして正面に向き直れば、イースさんの姿もどこにもなかった。

■10月15日（取材11日目）
編集長に遺言状の件で動いてる三人の面子《メンツ》を伝えると、「そりゃ面白ぇや！」と手を叩いて喜んだ。

その日の夕刊の一面記事が急遽《きゅうきょ》差し替えになって、僕は先輩達からものすごく睨《にら》まれた。解せない。

■10月16日（取材12日目）

昨日の新聞は、よほど反響が大きかったようだ。あっという間に売り切れてしまったらしい。おかげで編集長はご機嫌だ。

だけど『シュビラウツ家の全てに最も近い三人！』とか大見出しで、王子様達の名前を出して、さらに『この三人の候補者の中で、誰が生き残るのか!?』ってあおりまで付けて、まるで賭け事みたいに煽《あお》るのはどうかと思う。そのうち発行停止でも食らうんじゃないの？

だけど、おかげで街は朝から三人の話題でもちきりだ。

きっと三日後には、国の端までこの話題は浸透しているんだろうな。国民がこの三人の動向に目を光らせることになるんだよね。三人は迂闊な行動もできないって思うと、ちょっと可哀想かも。

■10月18日（取材14日目）

続報はないかとメチャクチャ急《せ》かされた。

ないと言えば、だったら間をもたせるためにも、各候補者のインタビューに行けと尻を蹴られて社屋を追い出された。理不尽すぎるよ。チクショウ。

仕方ない。それじゃあ次はハルバート・ルーインをインタビューしようかな。王都近くに住んでいたはずだ。貴族って本当傲慢だから、あんまり行きたくないけど……シュビラウツ家みたいに、優しい家令さんが出てきて対応してくれると嬉しいな。

あ、そういえば、貧民街の少年が王宮を訪ねていたって件も、詳しく調べなきゃだ。

なぜだか、貧民街の少年と、ルベル川で死んだ少年が一緒のような気がするんだ。でも、そんなことはないはず。きっとあんなタイミングでイースさんが言ったからだ。

ひとまず、今は街の人達の声でも集めて記事にしておくかな。

■街で集めた声

○王都パン屋の看板娘M

どの候補者に『全て』を手に入れてほしいですか？

「どのって、特にはないけど……強いて言うなら、親族のハルバート様かしら。やっぱり殿下は結婚式から逃げちゃったし。さすがの悪役令嬢様もあれはちょっと同じ女としては同情しちゃうもの」

ああ、リエリア様のことですね。彼女のことで何か知っていることあります？

「知ってるってわけじゃないわ。全部私達が聞くのは噂話だもの。金持ちを鼻に掛けて、全然社交界にも出てこない高飛車な女――って、もう覚えちゃうくらい聞いてきたわよ。あ、でもシュビラウツ家との取引がある商店なんかは、彼女に詳しいんじゃないかしら」

○そのパン屋を外からじっと食い入るように眺めていた青年A
あなたは『全て』を欲しいとは思いませんか？　というか覗いてないで声掛けたらどうです……。

「こ、声なんか掛けて、あの子を怖がらせたらどうするんだよ！　俺はこうして彼女を見守る妖精さんをやってるだけで幸せなんだよ！」

いや、覗いてるだけのほうが怖がらせてますけどね。その毛深さとがたいの良さで妖精さんを自称するなんておこがましいですが、本題はそこじゃないんでいいです。

「ん？　ああ、全てな。俺も最初は彼女のために大金持ちになってやるって、婚姻書を教会に届けにいった口なんだがよ……まあ色々聞けば、平民にゃどう足掻《あが》いても無理ってわけで。やっぱり健全に働くのが一番だよな。今じゃ欲しいってより、誰が手に入れるのか一種のエンターテイメントとして楽しみにしてる感じだよ」

○王都を歩いていた貴族っぽい青年S
やっぱり貴族の方でもお金は欲しいもんです？

「下世話なことを聞くねえ、君。さすがはゴシップ紙の記者だ。……だが、まあそうだな。金はいくらあっても困らないからな。あっ！　もしかして遺言状絡みか!?　親族と殿下が動いてるんなら、他の貴族の望みはなくなったし静観するのみだよ。まあ、異国の商人がどうするつもりかは興味あるがね」

リエリア様について、何か知っていることがあれば教えてください。

「ハッ！　知らないね。なんたって向こうが表に出てこないんだから。舐《な》められたものだ。昔、一度だけリエリア嬢を見たことあるが、まあ……誰とも喋《しゃべ》らず、すました顔していたよ。きっと、僕らを見下していたんだろうさ。あーやだね。裏切り者のクセして、金があればふんぞり返れるんだから」

○シュビラウツ家と取引のある商人R

直接取引があるあなたなら、シュビラウツ家やリエリア様のことを知っているかと思いまして。どうですか？

「商売相手としてはとても優良だよ。あそこがなんで巨大貿易商になれたかっていうと、ロードデール王国の農産物のほとんどを、シュビラウツ家が独占してるからなんだよ」

え、それって駄目なんじゃ……。

「ああ、ちょっと言い方が悪かったな。シュビラウツ家が自らの意思で独占してるわけじゃなくて、ロードデール王国側がシュビラウツ家にしか卸さないって話なんだ。優良って言ったのは、並の商人なら独占したものを高値で売りさばくだろうが、あそこはずっと適正価格なんだよ。俺ら商人からしちゃ、そこらの同国の貿易商よりも遥かにありがたい相手だね。交渉にも応じてくれるし、話も聞いてくれるし、欲しい商品も可能な限り探してくれる。正直、なんでここまで嫌われてるのか理解出来ないよ。貴族には貴族のルールでもあるのかねえ。まあ、だからって擁護の声なんか上げられるもんでもないしな……」

じゃあ今回の件では、王子様を恨んだりしたんですか？

「いやいやいや、貴族のことには首は突っ込まないのが一番だ。俺は何も言ってないからな……。だが……先代の当主が亡くなって、若い彼女が全部引き継いで一生懸命にやってくれていたのにな……。一度、挨拶にわざわざ自ら足を運んで来てくれて……そんな貴族、あの子くらいだったのにな……とても美しくて、なのに気さくで。商品についても詳しくて聞けばすぐに教えてくれたし、とても素敵なお嬢さんだったよ」

シュビラウツ家に関しては、やっぱり両極端な意見ばっかりだった。

国王様は、シュビラウツ家に関してどう思われていたんだろうか。自分の息子の婚約者にするくらいだから、善く思っていたのかもしれない。

でも、だったらどうして、国民の嫌悪感情を窘《たしな》めたりしなかったんだろうか。

二章　親族ハルバートII

1

ハルバートは街で手に入れたルーマーなるゴシップ紙を読んで、盛大に舌打ちをした。

「ったく、これじゃあひとり以外はいい道化だろ」

それにしても、やはり王子は動いたのか。

こうなったら、偽造印をどちらが早く作って公表するかの問題になってきた。

「だが、こちらはもう作らせているし、あとは出来上がりを待つだけだ」

家にある書類全てをひっくり返しようやく見つけた、当時、家を分かれる際に交わした誓約書のようなもの。そこには当時のシュビラウツ家当主と、ルーイン家の当主となったご先祖様それぞれのサインと印章が記されていた。

誓約書はチラッと中身を見たが、五代条項が云々《うんぬん》かんぬんと書かれていた。

おそらく、分かれるにあたっての取り決めだろうが、興味もないので読んではいない。

「はぁ……あの細工師め。結構な額をふっかけてきやがって」

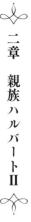

印章にシュビラウツ家の家紋を彫らせるのだ。

当然、製作者である細工師にはバレる。

奴は口止め料と称して、同じ大きさの金の指輪細工の五十倍をふっかけてきた。

「裏商売の奴だし仕方ないとは思うが……」

とてもまともな細工師に頼める仕事ではなかった。となれば、やはりそこは裏世界のレートがものを言うのだろう。

金額を聞いたとき、自分が自由に動かせる金だけでは到底足りず、両親に話して、援助をしてもらった。両親もシュビラウツ家の財産が手に入るのならばと、二つ返事で了承してくれた。

しかし、やはりただの子爵家には結構きつい額だったことは確かだ。

父は仕えている先の貴族に給与の前借りを頼んだらしいし、母は気に入っていたドレスを売っていた。

おかげで今、ルーイン家はすっからかんだ。

「まったく面倒な遺言など残さずに、すっぱり死んでくれたら良かったものを」

親族ではあるが、リエリアとの関わりなどないに等しかった。

むしろ、こちらからの関わりは最低限にするように努めてきた。

自分がシュビラウツ家を訪ねたのは、おそらく五回あるかないかくらいだろう。

それもこれも親族だとバレたくなかったからだが、今回のゴシップ記事のせいで、世間に大々的にバレてしまった。

「チッ……これじゃあ、絶対に財産を手に入れないと割に合わないぞ」

シュビラウツ家の親類と世間にはバレ、借金まで負い、しかし財産は王子にかっ攫《さら》われる――考えただけでも最悪だ。

異国の商人という者も候補者に入っていたが、こちらの国の文化も知らないだろうし、ただの身の程知らずだろう。名前を売るチャンスと思ったのかもしれない。

ハルバートはソファに身を横たえ、天井を仰いだ。

すると、階下より母の声が聞こえた。

「ハルバート、あなたにお客様よ」

「ああ、印章か」

意外と早くできたな、とハルバートは手を揉みながら階下へと向かった。

2

しかし、待っていたのは細工師ではなく、萎縮したように肩を縮こまらせた青年だった。

彼は、ローゲンマイム社で記者をしているハイネと名乗った。

その社名には覚えがある。

先ほど読んでいた、煽りに煽った記事を書いたゴシップ紙の会社名だ。

印章はどうするのか、シュビラウツの親族だが、リエリアやシュビラウツ家との関係はどうだったのかなどと、オドオドしていたわりに随分と不躾《ぶしつけ》に聞いてくるものだ。さすがゴシップ記者。

「印章のことなら問題はない。親族なんだ、どこにあるのかくらい見当はついている」

「あ、やっぱり親族なんですね」

「はあ?」

知っていたから新聞にそう書いたのではないのか。

「実は、ロードデール王国の商人でイースさんって方に教えていただいて……。僕自身は、ハルバート様がシュビラウツ家の親族とは知らなかったんですよ」

「イース……?」

異国の商人なんかが、どうしてシュビラウツ家の血筋を知っているのか。しかも、家が分かれたのは何代も前で、今のシュビラウツ家を調べたところで分からないはずだが。

商人の名前に聞き覚えがあるわけではないし、自分と交流があった者でもないだろう。

「あ、えっと、遺言状の件で名前が挙がっている三人目の方です」

「あ……ああ！　あの商人か！」

宣伝目的で名乗りを上げた異国の商人だ。確かにそんな名前が新聞に書いてあったような気がする。

――なるほど。商人ならシュビラウツ家と取引もあっただろうし、そこで血筋のことは知ったのかもしれないな。

まあ、もう世に情報は出てしまったのだ。今更気にする必要はない。

「それで、シュビラウツ家との関係だったか？」

「はい！　街での噂を拾っていくと、どうにも評判が両極端で……それで、一番近しいだろう親族の目から見てどうだったのかなと。あと、リエリア様個人に関しても教えていただけると嬉しいです！」

「リエリアなあ……」

彼女の生前の姿を思い出す。

と言っても、最後に会ったのはもう随分と前だが。

「真っ黒な美しい髪と、猫のようなヴァイオレット色の強気な瞳をしていた。だが、見た目の強さに反して、とても静かだったな。私が知っている頃までは……」

自分がシュビラウツ家を訪ねていたのは、まだ先代当主が生きていた時で、両親に連れられ幾度か訪れたものだ。

◆

父親に呼ばれ、『実は』と自分の親族について話されたのは、十二歳の頃だった。

嫌われ者のシュビラウツ家がルーイン家の本家だと聞かされた時は、中々にショックだったのを覚えている。

自分より五つ下の、巷で悪役令嬢と噂のリエリア。

初めてシュビラウツ家を訪ねた時、彼女はまだ七歳で何も分かっていない少女だった。

家族揃って領地にずっと引きこもっているから疎くても仕方ないと思ったが、なんの引け目もなく平然と過ごしていることに妙に腹が立った。

『やっぱり普通とは違う奴らだな』

『あ、あの……ハルバート様。普通というのはどのような方達なのでしょうか？』

きょとんとして首を傾げて聞いてくる様は、年齢よりも彼女を幼く見せた。

『普通は、伯爵家なんて上級貴族なら王都にタウンハウスを置くし、議会にも出席するものだ。他の貴族家との交流も深め派閥を作ったり……』

『はあ』

『夫人だって、他の貴族夫人主催のお茶会に呼ばれたり、逆に招いたりと、とにかく社交で情報を得て夫の役に立つのが役目なんだよ。なのにお前の家ときたら……』

『そうなんですね』

彼女は分かっているのか分かっていないのか、曖昧な相槌を打つだけだった。

こんな貴族の自覚もない奴らが、うちの本家なんて本当に腹立たしい。しかも爵位はうちよりも上。不満を持つなと言うほうが無理だろう。

『しかし、ハルバート様。お、お父様はやるべきことはやっておりますし、王都には行かないのでタウンハウスは不要ですし、情報はお母様がお茶会に行くよりも、領民との話や新聞からでも充分に入ります。それに、我が家は貿易もやってますので、各地を飛び回る商人の方々から得られる情報のほうが速いと言いますか……』

『ったく、なんでお前達みたいのが伯爵で、うちが子爵なんだよ！　貴族の自覚があるのか！』

悪気なく言っているというのが分かるから、また癪《しゃく》に障る。

しかし、世間を知らないこんな小娘にどれだけ言っても、結局理解はできないだろう。

その日は、わき立つ怒りを『無知で世間知らずだから仕方がない』と、どうにか自分を納得させた。

その後も、父について幾度かシュビラウツ家を訪ねることがあったが、リエリアと話すことは次第に減っていった。

そして、シュビラウツ家を訪ねる最後の日となった、二十歳の時。

十五歳になっていた彼女は、もう自分がどのような立場に置かれているのか、シュビラウツ家がどのような目で見られているのか、全て知っている様子だった。

無邪気が服を着ていたような少女は、物静かな美しい令嬢へと成長を遂げていた。

目が合うと、軽く膝を折って目で会釈はしたものの、何も言わずに去ってしまった。

最初は、ようやくシュビラウツ家の存在を申し訳なく思うようになったかと思ったが、彼女の凪《な》いだ湖面のような静かな瞳を見れば、違うと理解できた。

彼女は、ただただ全てに無関心なだけだった。

シュビラウツ家の評判にも、彼女につけられた渾名《あだな》にも、金の無心に来る親族にすらも。

これならば、まだ馬鹿にされたほうがマシだった。自分達の存在は、彼女の意識にすら引っ掛からぬほど矮小《わいしょう》なものだと言われているようで、羞恥にさらされた気分だった。

『くそ……っ』

あながち、悪役令嬢という渾名がつけられたのも間違いではないなと思った。

それ以降、葬儀以外でシュビラウツ家を訪ねることはなかった。

◆

とまあ、脳裏に蘇《よみがえ》った思い出をそのまま話せるわけもなく、記者にはリエリアとは多少は話す仲だったと伝える。そして、金を無心していたことは隠さずに話した。

話を聞いた記者は、目を丸くして驚いていた。

「え!? 貴族がお金の無心をするんですか！」

「貴族が全員金持ちだと思っているのか？ ははっ、そんな甘い世界じゃないさ」

最初の頃は両親が何をしにシュビラウツ家を訪ねているのか分からなかったが、成長し一般的な社会性を身につけはじめると、自《おの》ずと訪ねている理由が察せられた。子供の前で話をしなくとも、得てして両親の会話の端々や空気で分かってしまうものだ。

よその貴族にはシュビラウツ家に繋《つな》がる血ということは伏せ、一緒になって目の敵《かたき》にしていたというのに、当のシュビラウツ伯爵の前では、へこへこと頭を下げて親族だろうと金をせびっていた。

当時は両親の姿に嫌悪を覚えもしたが、さすがにこの歳《とし》になれば分かる。

「貴族でい続けるには金が必要なんだよ」

きれい事ばかり言っていられないのだ。

屋敷を維持するのだとて、貴族に相応しい格好をするのだとて、仕える貴族に渡す真心だとて全て金がかかるもの。

上級貴族に呼ばれた茶会には、毎度新しいドレスを着ていかなければならないし、奥方が刺繍《ししゅう》好きだと聞けば、王都で評判の服飾屋に刺繍の美しいハンカチを買いに行かなければならない。

「あれ、でも貴族の方や街の噂では金満家と……シュビラウツ伯爵は援助を断らなかったんですか?」

「ああ、先代当主はいつも快く承諾してくれたよ」

本当のところは分からない。いつもそのような会話は大人達だけで行われていたから。

しかし、王子も動いているのなら、自分の方が全てを手に入れるに相応しいという正当性を持たせなければならない。

秘密裏に全て終わらせるつもりだったのだが、ここまで公に親族だったと広まってしまったのであれば、そこをとことん利用させてもらおう。

「ほら、シュビラウツ家はほとんど社交界ではのけ者だったから。うちくらいしか、情報を教えてあげるところがいなくてね。いつも良い話し相手だって迎えてくれていたみたいだ」

「なるほど、持ちつ持たれつみたいな……ではリエリア様とも?」

「先ほど話したとおり、彼女は照れ屋なのかとても静かでね。それでも、私は妹のように可愛がっていたんだけどね」

「では、今は彼女を亡くされてお辛《つら》いのでは……」

「ああ……。だが、リエリアが私達ルーイン家のために色々と遺《のこ》してくれたみたいだしね」

これで、突然印章を出したとて誰も疑いやしない。

むしろ、王子よりもよっぽど全てを受け継ぐに相応しい。

「では、やはりリエリア様が悪役令嬢だとか、シュビラウツ家は悪徳貴族だなんていう噂が間違っていたんですね」

「ん、あ、ああ……まあしかし、以前のシュビラウツ家がどうだったかは分からないからな」

「確かにそうですね。裏切りの悪徳貴族ってのは、何も一代だけの話じゃありませんし……」

「そういうことだ。で、もう取材とやらはいいかな？　私も暇ではなくてね」

「あ、すみません。ありがとうございました！」

人が良さそうな笑みを作って、大丈夫だと手を振るハルバート。

「ああ、そうだ。近々記事にするのなら、私が印章を手に入れたと、大々的に書いてくれよ。葬儀を終えて、シュビラウツ家もやっと落ち着いたことだろうし、そろそろ婚姻書を出そうと思っていてね」

「じゃあもうすぐなんですね！　任せてください、一面をドドーンと飾りますよ！」

記者は目を輝かせ「スクープだ！」と跳ねながら帰っていった。

「さて、これで王子様が偽造印を作っていたとしても、公に出せなくなったな」

何事も先に出した者勝ちだ。

三章　王子ナディウスⅢ

1

ハイネの予想通り、ハルバートが印章を手にしたという話はスクープ記事となって、大いに国民を沸かせた。

皆、最初は大金を手に入れるチャンスだと、目の色をかえてリエリアと結婚しようとしていたが、それが到底無理だと分かるやいなや、傍観することで一種の娯楽として消費していた。平民とは実に逞《たくま》しいものである。

貴族達は印章を手に入れることの難しさを知っており、また王子が出て来るのならと早々に戦線離脱して、静観を決め込んでいた。

王子ナディウスと親族のハルバート、そして謎の商人イース。

その中で、リエリアが印章を遺してくれたハルバートは、今やファルザス王国いちの注目を集める男となっていた。

「――チクショウ！　先を越された！」

ナディウスは手にしたルーマーという、王子が読むにはあまりよろしくないゴシップ紙を床に叩きつけた。

やっとこちらも偽造印が出来上がったと思ったのに、先に公表されてしまった。せっかく、全員を出し抜けたと思ったのに。

「つい最近、遺言状の候補者は三人に絞られたなどと勝手に記事にしておいて、今度は印章をハルバート卿が持っているだと⁉」

前回の記事には親族と書いてあったし、本物である可能性は高い。いやしかし、家令のマルニードは、印章は最後までリエリアが身につけていたと言った。

「もしかして、それすらも嘘か……？」

つい最近、棺から盗ってきたなどと嘘を言って、偽物の印章を売りつけようとした馬鹿なドブネズミが出たばかりだ。

もはや何が真実で、何が嘘かも分からない状況であった。

するとそこで、ノックもなしに部屋の扉が開いた。

勝手に誰だ！　と思ったが、自分に対してこのような振る舞いができる者はひとりしかいない。

「ナディウス、どうなっている」

国王である父だ。

「そんなの僕が聞きたいですよ。ハルバート卿が持つ印章が本物か偽物かも分かりませんし、彼がシュビラウツ家の親族だってことも、こんなゴシップ紙で知ったくらいですから」

「相手の印章が本物か偽物かなど、どうでも良い。ただ、リエリア卿の結婚相手はお前でなければならないし、それしか私は認めない」

「……どうしてそこまで父上は、彼女にこだわるのですか」

確かに、結婚式を勝手に逃げ出したことで、王家の評判を落としたのは事実だ。

だからこうして、彼女を愛しているふりをして動いているというのに。どうせ相手は死人なのだから、結婚したとしても王太子妃の座は空席になる。

であれば、最初からリエリアではなくミリスと結婚し、愛を貫き通したほうが良かったのではと思う。

悪役令嬢と嗤《わら》われている女を、恋人との間に割って入った正真正銘の悪役にするだけだ。何も不都合は起こらない。

「ミリス嬢がリエリア嬢にそれほど劣っていましたか。社交界でミリス嬢は人気者で、リエリア嬢は疎まれていた。実家の爵位も、ミリス嬢の方が侯爵家で高いですし、金にも困っていません！　王家だとて困窮しているわけでもないのに、なぜ急にリエリア嬢を婚約者にして、今なおリエリア嬢にこだわるのです！」

リエリアと結婚しても、金銭面以外の良いことはないように思える。

「それに、シュビラウツ家領を王領にできたとしても、結局運営は誰かに任せなければならない。しかもかつての敵であるロードデールとの国境領。軍備に兵士の召集に……正直手に入れてもお荷物でしかないじゃありませんか！」

ナディウスは、不要だと言うように目の前で手を払ってみせた。

「……ナディウス。私は国民にどんな王だと言われている？」

しかし国王は——父は、ナディウスの怒りなどまるで聞いていなかったとばかりに、まったく違う話題を口にする。相変わらず答える気はないらしい。

ナディウスの払った手が力なく身体の横に落ちた。

「——っ賢王であらせられると……」

たとえ国民にとって賢王でも、自分にとっては言葉の届かない父親だ。

「そうだ。王のほころびは国のほころびとなる。私は賢王であり続ける必要があるのだ」

「……それと、僕がリエリア嬢と結婚するのと関係があるのですか」

じっとりと恨みがましい目を下から舐め上げるように向けるも、父はやはり自分の問いには答えなかった。

「ミリスが欲しくば、なんとしてでもハルバート卿を止めろ」

閉まった扉に、ナディウスは床に落ちていた新聞を投げつけた。

パスッ、と気の抜けた音がして新聞は床でバラバラになった。

「ぅうう……ッ」

扉に傷ひとつ与えられない新聞が自分と重なって、ナディウスは頭を掻《か》き乱《みだ》しながら膝をついたのだった。

2

すぐにナディウスは、二通の手紙を出した。

一通はルーイン子爵家宛てである。

手紙の内容は、シュビラウツ家の印章を持っていると新聞で読んだが、じつは先日、王宮にシュビラウツ家の偽物の印章を持ってきた者がいたため、本物であるかの確認が必要であるという旨のものだ。

今は同じ獲物を狙うライバルといえど、さすがに王子からの手紙は無視できまい。

「印章が本物かの確認ということですが、間違いなく私が持っているものは本物ですよ」

「わざわざすまないね、ハルバート卿。だが、それを確かめるためだ。本物であれば、多少婚姻書の提出が遅くなるくらい、なんの不都合もないはずだろう?」

「ま、まあ……」

ナディウスは王宮にやって来たハルバートを、にこやかな顔で迎えた。

婚姻書を出された後では、少々面倒なことになると思っていたところだ。この様子なら、まだ婚姻書は出していないのだろう。

「で、そちらの君は誰かな?」

ナディウスはハルバートと少し離れたところに立つ男を見遣《みや》った。

ハルバートと共にやって来たのだが、彼の侍従には見えない。若すぎる。

身なりは、貴族ほどではないが平民よりも金が掛かっているのが分かるもの。男は貴族や王子を前にしてもまったく物怖《ものお》じせず、背中を丸めることなく堂々と立っていた。おそらく、そこそこに力のある大きな商人か何かだろう。

「ご挨拶が遅れまして申し訳ございません。私はロードデール王国の商人でイースという者。ハルバート様が本日こちらで、印章の確認をされるという話を小耳に挟みましてね。関係者である自分も是非同席させていただければと思った次第です」

「ロードデール王国の商人のイース……というと、噂の三人目の候補者か！」

「ええ」と、イースは笑った。

どうせただの野次馬勢だとまったく眼中に入れていなかったが、なるほど。

——金と貿易権目当てか。

シュビラウツ家は貿易商としても有名だ。

そこの市場を一気に手に入れようという狙いなのだろう。

商人であれば、シュビラウツ家とも取引があったはずだ。契約書を交わす上で、シュビラウツ家の印影を手に入れた可能性が高い。

とすると、彼も偽造印を作っている可能性が高くなってきた。まだ手元にないのか、それとも他の出方を窺っているのか。

——何はともあれ、監視は必要だな。

「確かに部外者というわけでなさそうだ。いいだろう、同席を許そう」

「感謝申し上げます」

商人のくせに、実に美しいお辞儀《ボウアンドスクレープ》をする男だと思った。

ナディウスはいつかの貴族院の部屋へと、二人を連れて入った。

そこには貴族院の二人ともう一人――。

「あ、どうも！」

「え、き、君は⁉」と、ハルバートが驚きの声を上げる。

もう一人――記者のハイネが待っていたとばかりに、トレードマークであるメモとペンを構えて立っていた。

ナディウスが手紙を送った二通のうち、もう一通の宛先はローゲンマイム社だ。

「ああ、私が呼んだんだよ。印章を手に入れたと大々的に国民にも知れ渡ったんだ。であれば、その先も国民は気になるだろうと思って、あの新聞社の記者を呼ぶことにしたんだよ」

「おめでとうございます！　この後教会へ行くときも是非密着させてください」

ハルバートが顔を強張《こわば》らせたように見えたが、彼はにこやかな笑みを浮かべ「ああ、よろしく頼むよ」と言っていた。

飴色の机の上には、今回も一冊の本が用意されている。

壁際には貴族達とイース、ハイネがならび、当事者であるナディウスとハルバートだけが、机に置いてある本の前に立つ。

イースは悠々と腕を組み、ハイネは興奮に鼻息を荒くしている。

一方、貴族達はいささか困惑気味であった。

それもそうだろう。

彼らは、ナディウスが本物の印章を持っていると思っているのだから。

間違いなくハルバートとナディウスが持つ印章のどちらかが、この時点で偽物となってしまう。

——まあ、もう答えは決まっているがな。

「それじゃあ、印章を押印した紙は持ってきてくれたかい？」

ナディウスが掌を差し出す。

「ええ。印章を持ってこいと言われず安心しました」

「はは、ハルバート卿が印章を持っていることは皆知っているからね。万が一、持ち歩いている時に襲われて奪われてしまっては大変だ。照合など印影さえあれば充分だし」

「賢明なご判断恐れ入ります、殿下」

ハルバートは懐から折りたたまれた紙を取り出し、ナディウスへと渡した。そこには確かに、シュビラウツ家の印影が記されている。

「悪いが、私が確認させてもらうよ。他家の印章を、他の貴族に見せるわけにはいかないものでね」

これについては既に貴族院の者達とも話は済んでおり、やはり王子であるナディウスに見られるのと、同じ貴族に見られるのとでは忌避感が違うようだ。

採用された方法は、本の中からシュビラウツ家の登録証のみを抜き取り、皆の前で照合してみせるというもの。

というか、元々それしか方法はない。

シュビラウツ家の登録証は、既にナディウスが抜き取ってしまっているのだから。

では、とナディウスは本の陰で登録証を取り出し、あたかも今抜き取ったかのように見せた。

これ見よがしに登録証を机の上に置き、印影のある紙を重ねる。

誰かの唾をのむ音が聞こえた。

「――ハルバート卿」

「はい、いかがでしょうか。寸分の狂いなくぴったりで――」

「君にはがっかりだよ」

誇らしげに答えたハルバートの声を、ナディウスの落胆した声が遮った。

「偽物を作ったようだな」

ナディウスが貴族達に目線をやれば、分かったように二人はハルバートを両側から拘束する。

「なっ!?　何をするんだ！　偽物!?　そんなはずはないだろう!!」

「確かにシュビラウツ家の家紋だがな……よく見てみろ。こうして重ねてもまったく合わないじゃないか」

ナディウスは全員に見えるように、登録証と印影のある紙を顔の前に掲げて重ねて見せた。

全員の目が今やたった二枚の紙に釘付けだった。

「そんなはずは――！　待ってください!!　それは私が用意したものじゃない！　偽物だ！」

「ああ、偽物だ。ハルバート卿の持つ印章は本物です！　その紙が――」

「違うっ！　私の印章は本物です！　その紙が──」

「これ以上騒ぐな、見苦しい。悪いが、王宮から追い出してくれ。リエリアの死を利用して金を得ようなどと……おこがましすぎるわ」

まだハルバートは叫んでいたが、貴族の二人にがっちりと拘束され、引きずられるようにして部屋を追い出された。

残るは、見てはいけないものを見てしまったと呆然《ぼうぜん》としているハイネと、相変わらず意図の掴めない微笑を浮かべているイースのみ。

「え、あの……え？　に、偽物だったんですか？」

「ああ、残念なことにな。だが、はじめからこういう輩《やから》も出て来るだろうことは予想できた。だから、今回婚姻書を出される前に確認させてもらったんだ」

なるほど、と言いながらメモにペンを走らせるハイネだが、その顔はまだ混乱に満ちている。あれだけ記事でハルバートは自信満々に印章があると言っていたのだ。まさか、という思いでいっぱいなのだろう。

「ハイネ。同じことを考える馬鹿が出ないよう、今回のことは大々的に報じてくれ。許されることではないと。貴族からこのような者が出てしまうとは、実に残念だ」

ナディウスは傷心を眉間に表し、俯くようにして首を横に振った。

「それで……イース殿はこれで満足かな？」

壁際でずっと沈黙を守っていた男は、ようやく口を開く。

「ええとても。これで私と殿下の一騎打ちになりましたしね。どちらがリエリア様と結婚できるのか、楽しみですよ。ああ、そうそう……ハイネが何やら殿下に聞きたいことがあるようですよ――」

彼は長い足を動かし颯爽《さっそう》と目の前を横切ると、部屋の扉に手を掛けて足を止めた。

「――先日王宮を訪ねた少年について、ね」

振り向きざまに言われた言葉に、ナディウスは、驚きでイースの顔を凝視してしまう。

――なぜ、それを……。

その顔が愉快だとばかりにイースはフッと目で笑うと、ナディウスだけに見えるように口をパクパクと動かし、さらにナディウスを驚かせた。

「……は？」

ナディウスが戸惑いの声を漏らすが、応えたのはパタンという扉が閉まった音だけ。

――なぜ、商人ごときが知っている……。

あ然として扉を見つめるナディウス。

その背に、自分の役目を思い出したハイネが声を掛ける。

「あ、そうでした！　このまま殿下にインタビューさせてほしいんですが、その前にひとつ確認したいことがありまして」

「あ、ああ」

まだイースに意識を持って行かれていたため、生返事になってしまった。

少年が王宮を訪ねたのは衛兵も知っていることだし、耳ざとい商人が知っていてもおかしくはない。

――だが、どうしてあの男が、少年が『盗掘』したと知っているんだ……！

声に出さず、彼が呟いた言葉だからこそ、当てずっぽうで言ったとは考えにくい。

では、なぜ……。

頭の中がグチャグチャで今すぐにでもひとりになりたいのに、しかし、そんなことを知るよしもないハイネは、構わず質問をぶつけてくる。

「それで、実はその少年と同一人物と思われる者が、ルベル川に遺体として浮いていたのですが、何かご存知でしょうか？」

「…………は？」

――あの少年が……死んだ？
自分は、何も、知らない。
もう、頭が追いつかなかった。

幕間　ゴシップ専門『ローゲンマイム社』の新人記者・ハイネの取材日記Ⅳ

ハルバート様は、あれだけ自信満々に『印章を持っている記事を出してくれ』と言ってたのに、まさかその印章が偽物だっただなんて……。

もしかして、ここまで詳しく真偽の確認をされるとは思ってなかったとか？

いや、それにしたって偽造印って……！　貴族の世界は嘘が当たり前なの？

もうどうなっているのか、僕にはさっぱりだよ。

でも、これで残る候補者は二人になった。

イースさんと、今、僕の目の前に座る王子様だ。


「――それで、先ほどの話は本当か」

場所を変えて、王宮のおそらく談話室とかいわれるような場所に通された。

十数人で使うだろう部屋を、たった二人だけで使ってしまって申し訳なくて、ちょっと居心地が悪い。

それに、殿下と向かい合って座っているのも落ち着かない。床に膝をついたほうがまだ安心できると思う。まあ、やろうとしたら止められたんだけど。

「先ほどというと……ルベル川の水死体の？」

「そうだ。確かに王宮に貧民街にいるような少年が来たことはある。溺れ死んでいたのか？」

「いえ……まあ、そうとは言われてますね。夜中にうっかり滑って川に落ちたんだろうって。ですが、僕は事故とは思えなくて……。あの、同一人物かは分かりませんが、王宮を訪ねた少年の用事はなんだったんでしょうか？」

「それは……」

殿下は言《い》い淀《よど》んだ。

目線を足元に落として、どこか逡巡《しゅんじゅん》しているようだ。

「記事にはしないでほしいんだが……」

「もちろんです。秘密とあらば守りますよ」

さすがに、王子様に逆らってまで記事を書いたりしない。

「王宮に来た少年は、印章を見つけたから、私に買い取ってくれと持ってきたんだよ」

「えぇぇ!? ふ、ふてぶてし過ぎる……！ じゃなくて、え、まさかその印章が……！」

殿下は苦笑して手を横に振った。

「いやいや当然真っ赤な偽物だったわけだが」

「な、なぁんだ。そうですよね。シュビラウツ家とは縁もゆかりもなさそうな貧民街の少年が、印章なんか持ってるわけありませんもんね」

道ばたに落ちていれば話は別だが、こんな厳重に管理されるべき物を落とす馬鹿はいないだろう。

なるほど。今回殿下がここまで印章の真偽の確認に厳しかったのは、前例があったからだったんだ。確かに、家紋が入っていれば本物って、僕だったら思っちゃうもん。

それにしても、その少年も命知らずというか、楽天的というか……。すごいことを思いつくもんだなあ。

「それで、その少年はどうされたんです？」

イースさんから聞いた溺死時の特徴の話が蘇ってきて、勝手に喉が上下してしまった。

ペンを持つ手はいつの間にか力んでいたらしく、メモにじわりとインクが広がる。

「もちろん、その場でお引き取りねがったよ。残念そうに王宮を出て行ったと、侍従からは聞いている」

「そう……ですよね。じゃあ、やっぱりその後にうっかり何か……あったのかなぁなんて……」

「ああ、その後に何かあったのかもしれないね。貧民街は治安が悪いし……陛下も貧民街についてはいつも頭を悩ませておられるが、いくら対処しても影の部分というのは生まれるものでね……」

「さすが賢王陛下です。国民のことを気に掛けていただいて、ありがたい限りです」

「その少年を真似して、偽造印を持った者達が王宮に殺到すると困るから、このことは記事にはしないように。偽造印については、今回のハルバート卿のことを記事にすれば充分釘は刺せるしね。それで、他に質問は？」

少年のことを書き終えたページに『記事不可』と書き込んで、メモを新しいページにかえる。

「殿下はリエリア様とはどのようなご関係だったのですか？　途中で婚約者を変えられ、結婚式では以前の婚約者であるミリス様と……」

途端に殿下の顔は悲壮感でしわくちゃになる。

眉間はキュウと寄り、眉尻は下がり、とうとう手で目元を覆い隠してしまった。

「まさか、私の一時の気の迷いがあんなことになるとは……。実のところ、リエリア嬢とは婚約者らしい関係を築けてはいなかったんだ」

話を聞くと、どうやら殿下の知らないところで、陛下とリエリア様の間で何かあって、いつの間にか婚約者が変わっていたらしい。

以前の婚約者であるミリス様への感情をなかなか捨てきれなかったらしいが、この三年で少しずつ向き合っていたという。

しかし、リエリア様のほうが殿下と会うのを拒んでいたという話だ。

段々と寂しさを募らせ、そして結婚式当日にやって来たミリス様に会って魔が差したんだとか。

「どうして、リエリア様は婚約者になることを了承していて、殿下に会われなかったのでしょうか？」

「私が知るものか。こちらが聞きたいくらいだ」

あらら、随分とご機嫌斜めだ。リエリア様と会えなくて不貞腐《ふてくさ》れたのかな。

「では、王家とシュビラウツ家との関係は？」

「王家と？　……シュビラウツ家がロードデール王国からこちらの国に来た時の王は、厚遇したと聞いているが……それ以降は、普通の貴族と変わりない距離感だったようだし……」

「それは今の陛下もですか？」

「ああ、そういえば……一時期はシュビラウツ家を訪ねていたこともあったみたいだが、まあ、他の辺境伯も訪ねていたし、特筆するような関わり方はしていなかったように思うな」

自分の息子の婚約者にというくらいだから、王家とシュビラウツ家は以前からの関わりが深いかと思えば、案外そうでもないようだ。とりあえず全てメモしておく。

「まあ、だからこそ、生前愛してやれなかった分、リエリア嬢を弔うのは私でありたいと思っているんだがね……」

「そうですね。リエリア様も自分を愛する人に弔われたほうが幸せでしょうしね」

こうして、無事に殿下への取材も終えたのだった。

◆

あれから、ハルバート様の偽造印の件は、しっかりと記事になり、がっつりと国民の物見高い気質を満足させた。

ローゲンマイム社の先輩達も新聞を刷りながら、お貴族様が煌びやかなのは外見だけかもねえ、となぜかしたり顔をしていた。

こうなると恐ろしいのが、今までシュビラウツ家だけを叩いていた者達が、一斉に『実は』とルーイン家の裏事情などを噂しはじめたことだ。

子爵家がもうシュビラウツ家の財産を手に入れることがないと分かったからだろう。

恩恵にあずかれないと分かった瞬間の掌返しの速さね。いや、もうびっくりだね。

編集長が『社交界っつーのは、酒の代わりに噂を交わすようなところだからな』とか言っていたけど……。

やっぱりお貴族様ってのは嫌な世界に住んでるもんだね。平民万歳！

噂の中で、『ハルバート卿はリエリア嬢を妹のように可愛がっていた……というのは嘘で、それどころか子爵家自体がシュビラウツ家に関わらないようにしていた』という話を聞いた時は、どうなってるんだよと頭を抱えちゃったよ。

今、ルーイン家は、シュビラウツ家の親族だとバレた時よりも肩身の狭い思いをしているんだろうなあ。

今ではハルバート様が屋敷に引きこもっているらしい。まるで、リエリア様のようだね。

対して、殿下は取材した記事が載るやいなや、評判を上げることになったみたい。

殿下こそがリエリア様と結婚するに相応しいという空気が満ちていた。

◆

僕はひとり、ルベル川のほとりをとぼとぼと歩いていた。

色々と考えることが多くて、ひとりになりたい気分だったんだ。

「取材通りに記事は書いたけど……書いた本人がその記事を一番信じてないだなんて……ははっ、記者失格かな……」

とことんローゲンマイム社《ゴシップ紙》の記者でよかったと思う。

これがフィッツ・タイムズとか、しっかりとした情報新聞社だったら、今頃クビになっていたかもしれない。

だって、取材した記事が、あまりにもひっくり返りすぎているんだから。

一応、殿下の言葉も「そうですね」と全部頷いてはいたけど、心のどこかでは「とは言いつつ、どうせこれも建前なんだろうな」と捻《ひね》くれたことを思っていたりもした。

『『面白けりゃ嘘も本当』の精神の会社だから、記者としてやっていけてるってのは皮肉だよね」

シュビラウツ家についての認識は、色々と聞いたけど、やはり家令のマルニードさんのものが一番正しいのかもしれない。

シュビラウツ家と関わりが遠い人達ほど、悪い噂を口にしたり否定して、取引相手やマルニードさんみたいに、実際にシュビラウツ家と関わった人達は良い家だって言う。

だったら、信じるべきなのは後者だと僕は思うんだけど……。

まだ分からないことがある。

「リエリア様……あなたはどんな人だったんですか……」

彼女に対して、当初僕が抱いていた街で噂されるようなイメージはもうない。

誰の話も信じられなくなったっていうのもあるけど。

いくら話を聞いても、彼女の姿だけが見えてこない。

実際に関わったことがある人達でも、ある人は、とても静かだと言ったし、またある人は、関わりを拒まれたと言った。

本当にそんな人だったんだろうか？

「そう言えば、どうして僕は彼女のことを調べてるんだったっけ……」

全てはたった一枚の遺言状からだ。

あれがなければ、きっと今でもリエリア・シュビラウツという女性について調べようとは思わなかったはずだ。

悪役令嬢と言われたいち貴族――その程度の認識のまま終わっていたと思う。

「きっと、シュビラウツ家の全ては殿下が手に入れるんだろうな」

殿下が婚姻書を提出するのを見届けて記事にして、それでまるっと一件落着！　……のはずなのに……。

胸の中がグチャグチャで気持ち悪い。

解けないまま机の端に放置されたパズルみたいな、分からないのに、解かなきゃいけないっていう変な義務感が、僕の中に芽生えつつあった。

「……このまま終わらせちゃいけないんだ」

僕は誰が全てを手に入れるかよりも、本当のことが知りたいんだ。

四章　家令マルニード

1

マルニードが、そろそろだろうなと思っていれば、案の定シュビラウツ家の扉を叩く者が現れた。

「ようこそいらっしゃいました、ハイネ様」

玄関先にはゴシップ紙の記者であるハイネが、腹の前で両手をぎゅっと握りしめて立っていた。視線は中途半端にマルニードの胸辺りを泳ぎ、妙な緊張を負っている。

マルニードは用件など聞かず「どうぞ」とだけ言うと、ハイネをいつかの部屋へと通した。


メイドのフィスに頼んで、温かい紅茶をハイネに出してもらう。

ハイネはテーブルに置かれた紅茶の赤い水面を覗き込むようにして、顔を俯けていた。

「ご当主様のことが気になりますか？」

ハッとしたように、ハイネの顔が上がった。

今日初めて彼と視線が合った瞬間だった。

しかし、すぐに顔が俯いていく。ハイネは、ミルクも砂糖も入っていないストレートの紅茶を、添えられたスプーンで混ぜはじめた。

「……どうして、僕の気持ちが分かったんですか」

「遺言状関連の記事は、全てハイネ様が書かれたのでしょう？」

「はい」

「あの記事にはシュビラウツ家のことも、人々の噂のことも、ルーイン子爵家のことも、ナディウス殿下のことも全て書かれているのに、なぜかご当主様のことだけはすっぽりと抜け落ちていたので」

カチンという甲高い音を最後に、紅茶を無意味に混ぜていたハイネの手が止まった。

「マルニードさん……僕は取材を進めていくうちに、誰の言葉を信じればいいのか分からなくなってしまったんです……っ」

マルニードは、ハイネの言葉に静かに耳を傾ける。

「誰の話を聞いても、本当は嘘を吐いてるんじゃないのかって疑ってしまって……っ。そりゃ、嘘でも紙面を賑《にぎ》わすような内容なら、ゴシップ紙の記者としては喜ぶべきなんでしょうけど……色々……嘘の醜さを見てきて……」

スプーンを握るハイネの手が、微《かす》かに震えていた。

「……っ僕は、醜い人間でいたくない……」

「それで、どうしてわたくしの元へ……?」

「マルニードさんが……一番近くにいる人が、一番シュビラウツ家もリエリア様のことも知っていると思ったので……何より、嘘を吐く人には思えなかったから……」

マルニードは、ふふと小首を傾げて笑った。

「光栄です。ですが、人間は嘘を吐く生き物ですよ。善し悪しは別として」

「……マルニードさんも嘘を吐くんですか?」

マルニードはその問いには答えず席を立つと、窓辺へと歩《ほ》を進める。

窓の外は木々に覆われており、すっかり色づいたガーネット色の世界が広がっていた。

「ご当主様……いえ、ここから先はわたくしが呼び慣れた『お嬢様』と呼ばせてもらいましょうか」

「リエリア様はどのような方だったんでしょうか」

「お嬢様は、よく笑われる愛らしい方でした」

2

リエリア・シュビラウツは、シュビラウツ家がファルザス王国に来てから迎える六代目の跡継ぎだった。

それはつまり、自由を約束された娘であるということ。

彼女は両親にこよなく愛され育った。

多少恥ずかしがり屋なところもあったが、それでも両親や使用人の前では無邪気にはしゃぎ、踊り、歌い、庭師と共に花を摘んでは、こっそりと母親にプレゼントするような心優しき少女だった。

◆

『ねえ、マルニード。今度、庭師のボナーと一緒に街にお花の苗を見に行って良い？』

『おやおや、それでしたら奥様と一緒に行かれたらよろしいのでは？　きっと、リエリア様が仰ったら、喜んで奥様も旦那様も一緒に行かれると思いますよ』

『それじゃ、だめなのよ！　だってこれは……！』

『これは？』

唐突に言葉を切ったリエリアに、マルニードは首を傾げた。

するとリエリアはキョロキョロと辺りを見回し、「屈《かが》んで」と手招きする。十歳にも満たない少女の背は低く、マルニードは「また何か悪戯でも考えているのかな」と思いながら腰を折った。

彼女の口元に、手を当てた耳を近づける。

『あのね、来月がわたしの誕生日でしょう？　それでね、お父様とお母様の好きなお花をお庭にたっくさん植えて、産んでくれてありがとうってするの』

『おやまぁ。それは奥様も旦那様もきっととても驚き、喜ばれますね』

『でしょう！』

どうだとばかりに胸を張る少女は、本当に愛らしかった。優しさでできた天使のような彼女に仕えられて幸せだと、こちらが嬉しくなる。

『あとね、マルニードとか皆と出会わせてくれてありがとうって！』

頬を赤くして照れたように笑う彼女を、マルニードは膝を突いて柔らかく抱きしめた。

『こちらこそ、ありがとうございます。お嬢様』

この子は、こんなに清らかで慈愛に満ちているのに……。

なぜ、彼女のことを知らない者達が、揶揄《やゆ》するのだろうか。できれば彼女にはずっと何も知らないままでいてほしい。

ファルザス王国に満ちた、シュビラウツ家への悪意とは無関係に生きていってほしい。

ただ、幸せであってほしい。

マルニードは、それだけを願いリエリアの成長を見守った。

しかし、世界は無情だった。

聡《さと》い彼女は、成長するにつれシュビラウツ家がどのような立場に置かれているのか、理解してしまった。

『ねえ、マルニード。ここに書いた花を買ってきてほしいの』

一枚のメモを渡された。

開いてみると、赤や白、黄色にピンクと色鮮やかな花の名前が書かれていた。それらはかつて、彼女が庭に植えた花々。

『お嬢様、これは……』

『わたくしは街には行かないほうがいいから。庭にまた植えようかとも思ったんだけど、ボナーの腰が最近良くないみたいだから。今年は花束にしようかしらって』

『……っかしこまりました。お嬢様』

使用人の腰の具合を気遣う令嬢が、彼女以外どこにいるというのだ。こんなに他者を慈しむことを知っている彼女が、なぜ「悪役令嬢」などと謗《そし》られないといけないのか。

彼女は、自分がなんと呼ばれているか知った頃から、街へ行かなくなった。

いったいどれほど彼女が傷ついていることか。どれほど悲しみを飲み込んでいることか。

『あ、それと花束は二つだけど、もしそれらのお花がまだあったら、お店にある分全部を買ってきちゃって』

『ぜ、全部でしょうか』

『そうよ。そのくらいのお金はわたくしも持っているわ』

確かに、この家は金に困るということはない。

『しかし、そんなに買ってどうするのですか』

『屋敷の花瓶全部その花に変えて、屋敷の中を花畑にしようと思うの。なんていったって、あなた達に出会えた素晴らしい日ですもの！』

目尻を赤くして、楽しそうにニッと笑う彼女を見て、マルニードは自分はまだまだだなと思った。

『仰せのままに、お嬢様』

彼女は、世界に負けるほど弱くはなかった。

◆

しかし、この彼女の本質を知るのは、シュビラウツ家領に住まう者達だけだ。

今初めて、シュビラウツ家の外の者――ハイネも知ることとなった。

「やっぱり、今まで聞いた話とまったく違います。噂では悪役令嬢って言われるくらいだし、取材で聞いた人達は彼女はとても静かな人だって……そういえば、彼女は社交界にも顔を出さないと。それはどうしてでしょうか？」

「ハイネ様は弟妹はいらっしゃいますか？」

「いえ、一人っ子で」

「では、子供を持ちたいという思いは？」

「こっ!?　こ、子供はそりゃ持ちたいですけど……なかなか相手が……その……」

もじもじと肩をすぼめると一緒に口先を尖《とが》らせていくハイネに、マルニードは眉を垂らして微苦笑した。

本当に分かりやすい者だ。感受性豊かなのだろう。

——だからこそ、イース様はこの青年を選んだのでしょうね。

感情を隠さずに振る舞えるというのは、隠す必要がない環境で育ってきたからだ。

きっと彼は、とても家族に愛されてきたのだろう。性根がまっすぐで、とても好ましい。

「もし、ハイネ様が家族を持たれた時、いわれのない悪口や嘲笑がはびこる中へ、我が子や妻を入れたいと思いますか？」

「そんなの絶対嫌ですよ！　——っあ」

どうやら彼は、なぜシュビラウツ家が他の貴族と交流してこなかったのか理解してくれたようだ。

ハイネは端から見てもはっきり分かるくらいに肩を落とし、一緒に眉尻も口角も落としていた。

「僕……なんだか恥ずかしいです。シュビラウツ家を知りもしないくせに、流れてくる噂だけは信じて……」

「あなたが恥じることではありませんよ」

「そんなことないです！　だって、僕もこうやって取材してなきゃ、シュビラウツ家だから悪く言われて当然って未だに思ってましたし！」

正直者だな、とマルニードはほほと、口元にあてた手の下で柔らかく笑った。

「皆、ハイネ様のようであれば良かったのですが……」

ハイネは語尾に込めた反語を敏感に拾ってくれたようで、すっかりと気落ちしていた。

「こればかりは仕方ないことなのですよ。数が正義となる世ですから」

こうして、ハイネひとりが理解してくれたところで、ファルザス王国に蔓延《まんえん》するシュビラウツ家やリエリアに関する噂は、何も変わらない。

今はまだ。

「話が逸れてしまいましたね。お嬢様は、ご両親を亡くされてからはしばらく部屋に籠もられておいででした」

「ご夫妻が亡くなられた原因は確か……火事でしたよね。結構酷《ひど》かったと聞いています」

こくりと頷く。

「真夜中でした。わたくし達使用人もすっかり寝静まった後です」

「火元は？　どうしてご夫妻だけ逃げ遅れたのでしょうか」

「火元は先代当主様の執務室です。最初に火に気付いたのはお嬢様でした。ドタドタという大きな足音で目を覚まされ、そして様子を見に部屋を出たら、階下の執務室が燃えていたと。わたくし共は情けないことにお嬢様の悲鳴で事態に気付きまして……とにかくお嬢様を避難させることを第一に動きました。もちろん先代当主様方も探したのですが残念ながら……」

「ご夫妻は寝室で寝ていて間に合わず……ということで？」

「いいえ。お二人は寝室ではなく、火元の執務室で発見されました」

「ど、どうして……」

「さあ？」

マルニードは肩をすくめ、目を丸くしているハイネに「冷めますよ」と紅茶を勧めた。

ハイネは言われたとおり、大人しくカップに口をつけた。

しかし視点は紅茶に向けられず、カップを手に取った瞬間からちっとも動いていない。

思考をぶらさぬようにしているのだろう。

しかし、彼に考えてほしいのはここではない。

「また逸れてしまいましたね。それで、部屋に籠もっていたお嬢様でしたが、次に部屋から出てこられた時、手には例の遺言状が握られていました」

遺言状という単語に、やっとハイネの意識がこちらへと戻ってきた。

「そんなすぐに書かれたものだったんですか……！　両親を亡くしたばかりの、まだ十七の女の子なのに……」

「お嬢様は本来とても強い方なのですよ。ええ、ええ……とても賢く、それでいてとても大胆で」

「そんなようには……だって、殿下にフラれたからって首を吊るような……か弱い女性だとばかり……」

マルニードはようやく窓辺からハイネの元へと戻った。

「ああ、そうです、ハイネ様。カウフ様が停戦協定の条件を、全て五代までと定められたことは覚えてらっしゃいますか？」

「あ、ええ。確か五代条項って言うんですよね」

よく覚えていたとばかりに、マルニードは指先だけの小さな拍手をハイネに送った。

「ここまでシュビラウツ家と向き合ってくださったのは、ハイネ様が初めてですよ。最初の動機がどうであれ……」

ははは、とハイネは硬い声で下手な愛想笑いをしていた。

しかし、彼はもうシュビラウツ家に偏見は持っていないだろう。

むしろ……。

「そんなハイネ様に、なぜカウフ様が五代で区切られたか、特別にお教えいたしましょう」

さすがは記者。

目の輝きが一瞬にして取り戻される。

「五代……それが人々の心から、憎しみが消え去るまでに必要な時間だと、カウフ様は見積もられたからです」

「憎しみ？」

「ファルザス王国の民が、先祖を殺したロードデール王国に――将であったシュビラウツ家に向ける憎しみです」

あ、とハイネは今気付いたとばかりに、口元を手で覆った。

それもそうだろう。ファルザス王国の民の中で、先祖を殺されたからという理由でシュビラウツを憎んでいる者など、とっくにいないのだから。

皆『裏切りの』などと枕詞《まくらことば》をつけてシュビラウツ家を呼ぶが、そう言って怒るべきはロードデール王国の民であって、ファルザス王国側ではない。

「な……なんで……いつから僕たちは……」

「ご存知ですか、ハイネ様。多くの人をまとめる一番手っ取り早く簡単な方法を」

え、とハイネは瞼を震わせている。

「それは……偉い人が、命令をすれば……」

マルニードは首を横に振った。

「ひとつ、異分子を置くことですよ。村八分、魔女狩り、生贄《いけにえ》……人々は貶《おとし》めてもいいものを与えられたとき、いとも簡単に団結するものです」

「それって……シュビラウツ……」

ハイネは瞠目して、なんとも言えないような顔をしていた。

「ハイネ様、どうか最後まで取材を続けてください。そして、全てを見届けてください。その後記事にするかしないかはハイネ様にお任せします」

すっかり黙りこんでしまったハイネに、マルニードは「紅茶のおかわりは」と聞いた。

ハイネは、一口分しか減っていない紅茶を見て「もう大丈夫です」と腰を上げ、シュビラウツ家を去った。


マルニードがハイネを玄関まで見送った後。

扉を閉めて振り返れば、そこにはイースがニヤついた顔をして立っていた。

「随分と話してやっていたじゃないか、マルニード」

「ふふ、ああいう愚直な青年は好きですからね」

イースは「甘いよな」と高い天井に向かって息を吐いた。

「それより、イース様は国へ戻られなくてよろしいのですか？」

「知ってるだろ。あっちには今俺より優秀な人がいるって。父親もすっかり気に入ってるようだしな」

「では、イース様はこちらでやるべきことをなされてくださいね。あと二人なんですから」

「そうだな、どっちかはっきりさせないとな」

第三部　舞台はひっくり返される

一章　交渉

1

　カウフ・シュビラウツは、五代という期限の理由と、その後のシュビラウツ家の者達にこのような言葉を残している。

『五代……そこまでは我慢しよう。私達は、今から行く国の民を多く殺してしまったのだから。たとえどのような責め苦を浴びせられようと、目を向けられようと、唾を吐かれようと、私達は耐えなければならない。黙して岩のように。それが彼らにできる償いなのだから』

『きっとロードデールに向けられる憎しみの全てを、私達は受けることになる。だが、それでいい。それでロードデールの民が守れるのなら。それで、ファルザスの民の溜飲《りゅういん》が少しでも下がってくれるのなら』

　カウフは、自国民を守るために停戦の条件となっただけでなく、その後に及ぶ全てのロードデール王国の民すらも、敵国の民の心すらも守ろうとした。

『二国が停戦ではなく、和平の手を取り合ってくれるのなら。私達はその狭間《はざま》で架け橋となろう』

停戦が恒久的和平となることをカウフは望んでいた。

しかし、同時にそうならなかった場合のことについても、彼はこう言い残している。

『だが、もし五代を超えてもシュビラウツ家が不当な扱いをうけているのなら、その時は国を捨てよ』

『それは民が悪いわけではない。民を窘《たしな》めることができず、過去の罪を延々と引っ張って、民意の矛先を自分へと向かないよう、シュビラウツを人身御供として使っている国王に力がないだけなのだから』

『そのような国王が続く国は、いずれ滅びる』

『また、もし五代を超えてもロードデールが背中に石を投げるようであれば、シュビラウツは全てを捨てて国をひらけ』

『この土地には、それだけの価値が埋まっているのだから』

2

「本当に立派なお方ですよ、カウフ様は」

イースは上等なソファの上で、惚《ほ》れ惚《ぼ》れとした声を漏らした。

「ねえ……そうは思いませんか？　殿下も」

にっこりとイースが綺麗な微笑みを向けた先には、じっとりとした目で相手の出方を窺っているナディウスの姿があった。

目には猜疑《さいぎ》と警戒が宿っている。

「……わざわざマルニードを使って私をシュビラウツ家に呼び出すとは、何を考えているんだ、商人」

「そんな警戒なさらないでくださいよ」

「時間稼ぎか？　私が本物の印章を持っていると分かって、婚姻書を出さないでくれとでも頼みにきたか。だが、それはできない話――」

「ええ、ええ。それはできない話ですよね」

イースは顎を上げ、まるで見下すような目をナディウスに向ける。

「だって、殿下が持っている印章は偽物なんですから」

「――っ!?」

ソファに深く座っていたナディウスの上体が、勢いよく前傾した。

二人の間にテーブルがなければ、そのままナディウスは突っ込んでいたことだろう。

「なぜ――! い、いや、それは私を愚弄しているのかな? あれはリエリア嬢が私に託してくれたものだ。それを、異国のたかが商人風情が……侮辱罪で引っ張ってやってもいいんだぞ」

「あっはは! そんな怖い顔しないでくださいよ、殿下」

奥歯を噛んでいるのだろう。ナディウスの片口がひくりと引きつっている。

「まあ、交渉はとある物を見ていただいてから」

イースは腰をあげると、ついて来いとばかりに先に部屋の入り口に立ち、視線を送った。

逡巡を見せたナディウスだったが、いつまでも見てくるイースにとうとう降参した。嘆息しながら腰を上げ、大人しくイースの後をついていった。

◆

まるで我が家のように振る舞う商人を、ナディウスは疑問に思わなかったわけではない。

しかし、それよりも今は『偽物』と知られていることをどうにかしなくては、という思いでいっぱいだった。

「さあ、ここですよ。殿下」

案内された部屋は、部屋というには真っ白なただの箱のような場所だった。

ただ、部屋の真ん中には膝下くらいまでの黒い箱が置かれ、異彩を放っている。

「そこの黒い箱が見せたかった物か？」

「ええ、そうですね。何に見えます？」

商人が箱に手を置くと、金属特有のくぐもった音がした。どうやら木製ではないようだ。

「まあそうだな……普通ならば金庫だろうか。しかし、ダイヤルも鍵穴も見当たらないな？」

一般的な金庫は、ダイヤルで解錠するかシンプルに鍵で解錠するものがほぼだ。しかし、目の前の金庫かもしれない箱は表面がのっぺりとしていて、扉を開けるような構造は見られない。

「正解です、殿下。金庫ですよ。ただし開けるには必要な物がありまして……是非、殿下にそれをお貸しいただきたい」

ナディウスは首を捻った。

「貸す？　私が持っている物で開くっていうのか？」

「ええ。実は箱の壁面に小さなくぼみがありまして、そこに印章をはめて回せば開く仕組みになってるんですよ」

寄越せとばかりに、商人が手を出してきた。

「本物の印章でしたら開きますので」

「——っ！　あ、あいにく、そんな大事な物は持ち歩かない主義でね」

「確かに、そうですよね」

胡散臭《うさんくさ》い笑みを崩さずに商人は手を下ろす。

「もし殿下がリエリア様と結婚なさって、全てを手に入れられる時は、必ずこれを開けることになるんですから。殿下がリエリア様から託されたという印章を使って……」

「ま、まさか……っ！」

商人が頷いた。

「ええ。ここに、シュビラウツ家の全ての権利書が収められております」

——なんということだ……っ！

つまりは結婚して『全て』が入っている金庫を手に入れても、今持っている偽造印では中のものは取り出せないということか。

いやしかし、何もこの場で開錠させる必要はないはずだ。

婚姻書を提出したら、金庫ごと王宮に持って帰って壊して中身を取り出せばいいだけの話。

「ちなみに、こちらの金庫……特殊鉱物でつくられたものでして、そんじょそこらの物では破壊不可能な代物になっておりまーす」

「くっ……！」

まるで心の中を読まれたような台詞とおどけた口調に、忌忌しさが増す。

「何が目的だ、商人」

商人の顔から胡散臭い笑みが剥がれ、欲に満ちた嫌らしい笑みが現れた。

「では交渉とまいりましょうか、殿下」

二章　舞台から降りたいのに

1

ナディウスは馬車の窓から、小さくなるシュビラウツ家をぼうと眺めていた。

商人は全てを知っていた。

テオという浮浪者のような少年が自分を訪ねてきたことも、その際に持ち込まれた偽造印を、自分が奪っていたことも。

ハルバートが貴族院で印章の真偽を確かめる時、彼から預かった押印してある紙と、以前自分がテオの偽造印を押印していた紙とをすり替え、ハルバートの印章を偽物と判じたことも。

そして、今自分の手元にある、先日できあがったばかりの印章が偽物であることも。

――なぜだ……っ。

なぜ、知っていたのか。

「やはり、あの印章が本物なのか⁉」

実は、商人もシュビラウツ家の印章を持っていたのだ。

『交渉しよう』という商人の言葉を前にして、反応を返せずにいたナディウスに、商人はまるで道ばたで拾った石ころを見せるような気軽さで、印章を見せてきたのだ。

指輪型の少し古びれた印章。

商人は、それを掌に載せて『これが本物の印章ですよ』と言ってのけた。

たとえば第三者なら、商人か自分、どちらが本物の印章を持っているか分からなかっただろう。

しかし、自分の持っている印章が偽物であるという自覚のあるナディウスには、相手のものが本物だと分かってしまう。

この際、なぜ商人ごときが本物と思われる印章を持っているのかなどどうでもいい。

考えるべきことは、もうそこにはないのだから。

「まさか交渉ときたか……」

商人が出した条件は、『シュビラウツ家の屋敷、墓所、岩山の領地北部を商人のものとしてくれるのなら、ほかのシュビラウツの土地、権利、財産、婚姻相手という立場は全て王子のものにしてもいい』というものだった。

もちろん、この分割は口外無用とし、ナディウスは国民に、自分が正統な印章でもって婚姻相手となったと発表できる。

「これなら王家の名も守れるし、財も手に入る。土地も北部程度なら特に困ったことはないし、むしろ墓地まであっちが面倒見てくれるのなら万々歳だ」

シュビラウツ家の収入は、領地収入よりも貿易収入のほうが大きい。多少領地を削られようと痛みはない。

それに、領地北部はファルザス王国の特色が濃く、岩山が多い。農耕には向かない土地であり、領地収入にもほぼ影響はない。

交渉といった割には、こちらの得のほうが大きい気がする。向こうが提示した条件なので、わざわざ口は挟まないが。

「この条件で、僕としてはまったく問題ないけど……」

問題は、父がなんと反応するかだ。

商人への即答は避け、後日改めて返事をするということにした。

これに対しても、商人はどこか余裕そうに『もちろん、じっくりと考えられてください』と、人好きのしそうな笑みを向けてきただけだった。

——あの余裕はどこから来てるんだ……？

シュビラウツ家の財産が欲しいから参戦したのではないのか。それとも、あの屋敷になな何かあるというのか。

「……なんだっていいか。シュビラウツになんか僕は興味ないし」

もういい加減、さっさと終わらせたかった。

2

しかし、そう思っていたのはナディウスだけで。

「馬鹿者がッ!!」

「――っぐ!?」

頬に拳を貰うのは、これで二度目だった。

「お前は、その商人の言うことをホイホイとのんだと言うのか!?」

「ま、まだ返事は……っ」

「たかが商人にいいように弄《もてあそ》ばれおって！　王子であるというのに、お前は情けないと思わないのか！」

「ですが、相手は本物の印章を持っていましたし、その印章がなければ金庫が開かないというじゃありませんか。もし、僕が婚姻書を出したところで、その先で詰むのは目に見えていたのですよ」

国王は太い腕を抱え、僅かに視線を下に向けるとそのまましばらく黙考に入った。

その間に、ナディウスは口内が切れて口端に滲んだ血を、乱暴に手で拭う。錆《さ》びた味が不快だった。

「……商人は本物の印章を持っていたのだな？」

「登録証で確認したわけではありませんが、古めかしい指輪型の印章でした。しかも印面は楕円。何より、金庫が印章で開くということを知っているのは、誰よりもシュビラウツに近しいという証拠ですし、彼が印章を持っていてもおかしくはないかと」

だから、ここらでもう終わりにしたい。させてくれ。

「て、提示された条件も悪くはありませんし、もうこのまま商人の条件をのむほうが良いのでは？」

しかし……。

「ならん！」

「――ッどうしてです⁉」

ナディウスは両手で頭をぐちゃぐちゃに掻き乱した。

「何がいけないんです！　金も土地も、こちらが欲しいものは全て手に入るじゃありませんか！　国民からの信頼にも傷はつかない！　なのに、何が不満なんですか⁉」

「本当、お前は甘ったれだな。譲られたものなど無意味！　王とは全てを手中にしてこそだ」

「そんな……っそんなの、父上の勝手じゃないですか！　リエリア嬢と結婚しなきゃならないのは僕なのに……っ！　そんなに欲しいのなら、父上が母上と離婚してリエリア嬢と結婚すれば良いじゃないですか！」

「ナディウス！」

ナディウスはぶつけるように叫ぶと、国王の制止の声も聞かず部屋を飛び出した。

◆

王宮には使用人だけでなく、宮廷官達も多くいる。

今や、彼らひとりひとりの視線が「早く結婚しろ」と責めているようで、ナディウスは王宮を飛び出した。

「ミリスに会いたい……！」

全てが終わるまで、父からは接見禁止とされていたが、もう構うものか。

そうして、王都に構えてある彼女の家の前まで来た時、ちょうど彼女が屋敷から出て来るのが見えた。

「ミリス！　――って、え？」

隣に、知らない男を連れて。

「ナ、ナディウス様!?」

ナディウスに気付いたミリスが、引きつった声を上げた。

「ミ、ミリス……誰だい、その男は……」

足元がふわふわする。

硬い地面を踏んでいるはずなのに、身体がぐらぐら揺れているようだ。

ナディウスは縋《すが》るようにミリスに手を伸ばすが、ミリスはナディウスにしかめた顔を向けると、ふいと視線を切った。

「ミリス!?」

彼女の態度にショックを隠しきれないナディウスは、さらに彼女に近寄ろうとするが、隣にいた男に阻まれてしまう。

「失礼、殿下。私の妻に何かご用でしょうか?」

「……は？　妻?」

何を言っているのか、この男は。

ミリスは自分と結婚する予定だというのに。

「じょ、冗談だよな、ミリス……僕があまりにも待たせてしまったから、こんな手の込んだ悪戯をしているんだろう？　な、なぁ……」

「冗談ではありませんわ!」

まだも手を伸ばすナディウスを拒むように、ミリスは鋭い視線でナディウスを刺して言った。

「大体、先に婚約破棄をなさったのは、ナディウス様じゃありませんか！」

「あ、あれは僕の意思じゃなくて……それに、君は結婚式の日だって、僕と一緒に逃げてくれただろう！　わざわざそのために僕に会いに来てくれたんだろう⁉」

「勘違いなさらないで！　あの日だって、私はある人に言われて王宮前にいただけで、決してナディウス様を待っていたわけじゃないんですから。それを、突然やって来たかと思えば私の話も聞かず、馬車に押し込んで……っ！」

ある人とは、いったい誰のことか。

彼女の口から飛び出てくる衝撃的な言葉の数々のせいで、頭がうまく回らない。

「殿下、あの時すでに私とミリスも結婚を控えていたんです。彼女が殿下と駆け落ちをする可能性など、元よりなかったのですよ」

「そ、そんな……っでも……」

「突然、婚約破棄されてどれだけ私が惨めだったか……っ。しかも、代わりの相手はシュビラウツ家の令嬢だというじゃありませんか。どれほど私が社交界で嘲笑を向けられてきたか……ナディウス様はご存知ありませんでした？　あなたはいつもそう。他人《ひと》のことなどまるで見ずに自分のことばかりで……」

彼女は別れても、ずっと自分のことを待っていてくれていると思っていた。

しかし、彼女の口から出て来るのは、自分を否定する言葉ばかり。

「僕は……ただ君のことが好きで……」

「相手に伝わらなければ、それは独り善がりというものですわ。せっかく得た私の幸せを、邪魔しないでください」

バッサリと好意を斬り捨てられ、ナディウスは紡ぐ言葉を失っていた。

「それに、ナディウス様は今、リエリア様とご結婚されるために忙しいんですよね。私のことなど、どうぞ今まで通り放っておいてくださいまし」

ミリスは夫だという男に肩を抱かれて行ってしまった。

3

その日は、それ以上街をうろつく気にもなれず、ナディウスは大人しく王宮へと戻った。それから数日、彼は部屋に引きこもっていた。

父が怒鳴り込んでくるかとも思ったが、それもない。

「僕はなんのために……」

ナディウスは茫然自失《ぼうぜんじしつ》でベッドに横たわった。

ミリスとの婚約が破棄になり、新たにリエリアが婚約者となったと父から告げられたのは、十七歳の時だった。

かつて、一度だけ見たことがあった彼女は、姿こそ可憐《かれん》な少女から美貌の女性へと成長を遂げていたが、相変わらずの静かさだった。

この国の王子の婚約者という、女性ならば一度は夢見る最高の椅子を与えたというのに、彼女はこれにもやはり無関心だった。

『僕が婚約者になってやったんだ。ありがたく思って、今後はその気取った態度を改めることだな』

『善処いたします、殿下』

初めて彼女の声を聞いたが、実に淡泊な声だと思った。

——婚約者になったことだし、僕にはもう媚《こ》びる必要はないってことか。

苛立ちが募る。

『いいか、リエリア！　社交界で……いや、この国でのけ者にされていたシュビラウツ家を気遣って、王家が後ろ盾になってやると言っているんだ。この国で生きていきたいのなら、せいぜい、僕に愛想を尽かされないよう努力するんだな』

リエリアは、にこりと楚々《そそ》とした笑みを浮かべていた。

それから結婚するまで三年。

この期間は、彼女に『当主になりまして、家のことや今回の火事についても心を整理する時間が必要です。どうか、心が落ち着くまで、結婚はお待ちいただけませんでしょうか』と言われたからだ。

元より、リエリアなんかと結婚したくなかった自分は、一も二もなく了承した。なんなら、そのまま婚約話も流れて、ミリスともう一度婚約者に戻れたらと願ったくらいだ。

しかし、残念なことに三年経った頃、彼女から手紙が届いた。

『もう、準備は整いました』――と。

もっと長くても良かったのに、と思わなかったわけでもない。

しかし、どうせ父の決めたことには逆らえないのだし、諦めて彼女と結婚をすることにしたのだ。

◆

しかし、そのリエリアも結婚せずに亡くなった。

自分のせいでもあるが、同情する気持ちにはなれなかった。むしろ、これでミリスとやっと結婚できると思ったものだ。

だが、父からリエリアと結婚しなければ、ミリスとの結婚は認められないと言われた。

ミリスを後妻に迎えるためにも、記者には嘆くパフォーマンスを見せ、貧民街の少年から偽造印を奪い取り、ハルバートに偽造印の汚名を着せて消えてもらったというのに。

ミリスとの結婚という夢が潰えた今、自分はどうしたら良いのだろうか。

「そういえば、貧民街の少年が川で死んだんだったか……」

新聞記者の青年が教えてくれた。

王宮に訪ねてきた少年と同一人物かは分からない。

だが、別人だとも思えなかった。

「だとしても、死んだのは偶然……だよな……」

墓荒らしなんて悪いことをした罰でも当たったのだろう。きっとそうだ。

「それより、これからどうしようか」

全てはミリスのためだったのに、彼女はとっくに別の男のものになっていた。

しかもリエリアとの結婚式の日、ミリスが王宮前にいたのは、自分に会いに来たわけではなかったと言った。

確かに、あの日は彼女に会えた嬉しさと時間のなさで、彼女の話も聞かず馬車に連れ込んでしまった。それにしても、こんな虚《むな》しいことがあるものか。

「商人が出した条件も父上のせいでのめないし……もうこのまま商人がリエリアと結婚すれば良いんだ。そうすれば父上も諦めるだろうさ……ハハッ」

しかし、次に国王から呼び出しを受けた時、全てはナディウスの思惑とは違う方向へと進んでいた。

◆

「――え？」

ナディウスは、国王の言葉に耳を疑った。

「だから、本物の印章を手に入れたと言ったのだ」

「いや……はい？」

本物の印章を？　どうやって。

「商人と交渉をした……のですか？」

印章を金で買ったということか。いや、しかしそれはおかしい。

シュビラウツ家の全てを手に入れられるチャンスがあったのに、あの商人はわざわざ交渉を持ちかけてきたのだ。金が欲しいなら、勝手に婚姻書を出して、こちらより先にシュビラウツの全てを手に入れれば済む話なのに。

それとも父はシュビラウツ家が持つ財よりも、はるかに多くの何かを積んだのだろうか。

「父上、印章はどのようにして……」

「さあ、これで婚姻書を作れ。できたらばすぐにでも教会へ行くぞ」

近付いてきた国王は、ナディウスの手を掴むと掌に印章を乗せた。それは確かに、商人の男が持っていた古くさい指輪だった。

ナディウスは国王と指輪とを、訝《いぶか》しげな目で交互に見遣る。

「あの、父上……ですから、これはどうやって……」

「気にするな。王にはそれだけの力があるということだ」

分厚い手がズシリと肩に置かれた。

まるで『それ以上は聞くな』と押さえつけるかのように。

そこへ、書類を手にした廷臣がやって来た。

「失礼いたします、陛下。地質調査の件ですが、やはりドルライド家領の鉱脈は枝だったようです」

「やはりか」

「他にもどこかに伸びていないか辺り一帯全て調査をしたのですが、どこも枝先ばかりで……鉱床《こうしょう》で見込める採掘量や質からは格段に落ちます」

国王はもうナディウスとは話すことはないとばかりに、廷臣だけに顔を向けていた。それどころか、こちらを見もせず追い払うように手を振ったのだ。

父の勝手に腹が立ったものの、鉱山やら聞き覚えのない鉱物の話についていけるわけもない。

ナディウスは手にある指輪を握りしめ、自室へと戻ったのだった。

三章　後戻りが許されぬ真実

1

ナディウスは、国王と共にシュビラウツ家へと向かっていた。

つい先ほど、リエリア・シュビラウツの名と印章が押印してある、ナディウスとの婚姻書を教会に提出してきたところだ。

さすがに受け取った司教は、微妙な顔をして何か言いたそうにしていたが、小言など聞いている暇も余裕もない。呼び止めようとする声も無視してそのまま出てきた。

馬車がデコボコとした石畳に乗り上げるたびに、車内にガタンと鈍い音が響く。

それがまた、無言の国王とナディウスの間では、より重苦しい音となって聞こえていた。

王家の馬車が教会を訪ねたことで、町衆も色々と察したらしい。

皆、シュビラウツ家領のある南部へと向かう馬車に向かって、「国王様ー！」や「殿下、おめでとうございます！」などと、まるで祝い事のような熱視線と声援を送っていた。

「民も、お前がリエリア卿と結婚してホッとしているようだな」

「これで父上の言う、王家の体面とやらは守ることができて何よりですよ」

ハッ、とナディウスはどうでも良さそうに鼻で嗤って、窓の外へと視線を向けた。

リエリアと結婚したところで、ミリスとはもう結婚できないのだ。半ば自棄《やけ》だった。

そういえば、あのゴシップ紙の記者はどうしたのだろうか。

ハルバートの一件のあとから姿を見ていない。てっきり騒ぎを聞きつけてやって来るかと思ったのに。

「……どうせなら、最後までしっかり取材してほしいものだな」

そうナディウスが呟いた時だった。

コンコン、と馬車の扉を叩く音がした。

窓の外を見てみると、見覚えのある青年が馬車と併走しているではないか。彼の手にはトレードマークであるメモとペンが握られている。

噂をすればなんとやらだ。

ナディウスは窓を開けて、ハイネに声を掛けた。

「随分と遅かったじゃないか。新聞屋がそれで良いと――」

「殿下、ご存知でしょうか！　商人のイースさんが亡くなられたことを！」

「は？」

「いつかの貧民街の少年と同じように、ルベル川で遺体が上がったんです！」

さすがに並足《なみあし》とは言え、ずっと馬車と併走するのには無理があったのか、ハイネはビリッとメモを破ると、手を伸ばしてそれを差し出してきた。

窓から手を出して受け取る。

ハイネは足を止め、どんどんと遠ざかっていった。

メモを広げると、そこには商人のことが書かれていた。

ルベル川で遺体があがったこと。

それがつい最近の出来事だということ。

身につけていたものに印章はなかったこと。

くわえて、走り書きでハイネの考察だろうことも書かれていた。

『貧民街の少年と同じ。事故？　溺死の痕跡は見られず。外傷はなし。毒とか？』

ドクン、と心臓が跳ねた。

嫌な汗がじわりと手に滲む。

「…………っ」

気付いたら、メモを手の中でくしゃくしゃに握りつぶしていた。

「今の者は、今回の件を色々と書いていた記者か？」

「……はい」

「遺体の取材までとは、やはりゴシップ記者とはそれなりだな」

国王はナディウスが握りこんだ拳を一瞥し、フッと鼻を鳴らした。

「……父上、本物の印章はどうやって手に入れられたのです……」

足元に視線を落としたまま、ナディウスが尋ねる。

「どうやってかなど重要か？　我々の手の中に本物の印章がある。それだけが真実で重要なことなのだ。まあ、有志の者が寄贈してくれた、とは言えるかな」

「寄贈？　あり得ない……この印章は商人が持っていたものです。商人と会ったのですか」

「さあ、どうだったかな。何せ、毎日多くの謁見者と会っていて、たかが商人ひとりのことなど覚えておらんのだよ」

「で、では！　元の持ち主は今どのようにしているか、ご存知でしょうか⁉」

「それこそ私の知るところではない。王宮を出た後のことなど、私の関知すべきことではないからな。興味もない」

「父上……あの浮浪者の少年は……確かに王宮を出たんですよね？」

父ののらりくらりと躱《かわ》したような否定が、胸に妙な焦燥を抱かせていた。

「商人と印章についての交渉をしたとして、その後、商人もちゃんと王宮を出たんですよね！」

青ざめていくナディウスの肩を、国王は優しく二度叩いた。

「ナディウス、そのメモに何が書かれていたのかは知らんが、所詮《しょせん》はゴシップ紙の記者の言うことだぞ。人は死ぬ。その死の責任まで国王に求められても困るというものだ。死んだ者は、そこで死ぬ運命だった、それだけだ。偶々《たまたま》、知り合いが死んで動揺する気持ちも分かるが、私が息子ならば堂々としていろ。揺らぐな」

偶々？　本当に？　では、なぜ商人が持っていた印章を父が持っていたのか。

しかし、ナディウスにはそれ以上は聞けなかった。

聞きたくなかったのだ。

「偶然……。そう、ですよね……」

もう考えるのが億劫《おっくう》だった。

ナディウスは俯いた下で、唇を噛んだ。

――ただ、ミリスと結婚したかっただけなのに、なぜ、こんなことに……っ。

いつの間にか、自分は後には引けないところまできてしまったのかもしれない。

◆

四日の旅路は、監獄に入れられたような心地だった。

何度来ても、シュビラウツ家はひっそりとしている。

相変わらず使用人達は仕事を続けているのか、庭や屋敷が荒れているということはない。シュビラウツ家にはもったいない忠義者達だ。

「これはこれは、国王陛下までご足労いただきまして……」

出迎えた家令のマルニードは国王を見ると恭しく腰を折り、ナディウスに対する時よりも深く頭を下げていた。

ナディウスは一歩前に踏みだし、マルニードに来訪の意味を告げる。

「先日、教会に婚姻書を提出してきた。だから、これで私がリエリアの夫だ」

マルニードの目が見られなかった。

「左様でございますか。では……」

何か言われるかもと覚悟していたが、意外にも彼はそれ以上は言わず、以前商人に通された金庫のある部屋へと案内してくれた。

相変わらず真っ白で何もない。まるで、金庫を目立たせるためだけに作られたような部屋は、見る者に形容しがたい気味悪さを感じさせる。

「どうぞ。こちらの金庫の中に、シュビラウツ家の全てが入っております。鍵穴はこちらの側面にございます」

マルニードが金庫の背後へと控えると、「おおっ！」と声を上げて、国王が金庫へと一歩一歩と近付いていく。

「ナディウス、早く印章を！」

ナディウスよりも目をキラキラと輝かせ、国王は早く開けろとばかりに印章を急かした。そして、ナディウスが印章を取り出すと、ひったくるようにして金庫の側面にあった穴へ、指輪をはめ込んだ。が……。

「ん？　お、おい⁉　これはどういうことだ、はまらないではないか！」

印章のほうが、穴よりも僅かに大きかったのだ。

国王がガチャガチャと無理矢理に指輪を押し込もうとするが、当然合うはずもなく、指輪は金庫に弾《はじ》かれて国王の手の中から落ちてしまった。

床の上をコロコロと転がる指輪の印章。

「な、なぜだ――――ッ！」

苛立たしげに、国王が金庫の天板を肉厚の拳で叩いた。

次の瞬間――。

「開くわけないわ。だって、その印章は偽物なんですもの」

男しかいない部屋で、場にそぐわぬ可憐な声がどこからか聞こえてきた。

ナディウスと国王が驚きで動きを止めていると、何もないはずの部屋の奥の壁が、ギィッと軋みながら開かれた。

まさか、壁が隠し扉になっていたとは、誰が気づけただろうか。

そして、そこから現れた者の姿を、誰が予想できただろうか。

「リ……リエリア……嬢……」

2

「ごきげんよう陛下、そしてナディウス殿下」

現れたのは、ヒールをはいた二本足でしっかりと立ち、顔色も悪くなく、部屋の背景が透けているわけでもない、どこからどう見ても生きているリエリアだった。

「リ、リエリア!?　こ、これはどういうことだ！」

震える指先でリエリアを示し、口をはくはくさせるナディウスのほうが、顔色を失ってまるで幽霊のようだ。

「君は首を吊って死んだはずじゃ……!?」

こてん、とリエリアは首を傾げていた。

真っ黒なストレートの髪が、さらりと肩から流れ落ちる。

「あら、マルニードや家人達は誰ひとりとして、私が死んだなんて言ってないと思うけれど?」

――誰だ、この女は……っ!

勝ち気に片口を吊り上げて笑う目の前の女性は、本当に自分の知るリエリアなのか。彼女は、静かでどこか周囲に無関心で冷めていて……絶対にこのような表情をする者ではなかったはずだ。

「お、お前は偽物だろう！　ほ、本物はしっかりと葬儀もやっていたし、確かに死んで――」

「殿下、棺の中をご覧になりました？　わたくしの遺体を一度でも見ましたて？」

クッ、とナディウスは唇を噛んだ。

確かに遺体を直接見たわけではない。

「じゃあ、あの遺言状はなんだ！　死んだから公表されたはずだろう！」

途端、場にそぐわぬ、ケラケラとした楽しそうなリエリアの笑い声が響いた。

「もう、マルニードったら気が早いわよね。わたくしの姿が見えないからって、焦って手違いで新聞

社に流してしまうだなんて……」

「申し訳ございません、お嬢様。いやはや、わたくしも年なもので……お嬢様の人探しの記事を載せるはずが、間違ってお預かりしておりました遺言状を新聞社に渡してしまうとは」

「――っ白々しい！」

そんなことあるはずがない。

遺言状であれだけこちらはあたふたと駆け回っていたのだ。それを一度も止めなかったのは、手違いを良しとしていたからだろう。

つまり、これはどういう状況だ。

リエリアが生きていた。

しかし遺言状は有効なのか？

いや、遺言状の前にリエリアが生きているということは、先ほど婚姻書を出したことで、自分は彼女の夫になってしまったということで……。

いやでも、彼女は先ほど、指輪の印章は偽物だと言わなかったか？

「あ――っ！　何がなんなんだ!!」

あまりにも予想外の展開に、ナディウスは唸《うな》りながら頭を掻きむしった。

「落ち着け、ナディウス。印章が偽物だろうと関係ない」

そこへ、国王の野太い声が響き渡った。

「ち、父上……すみません」

どっしりとした重みのある声は、ナディウスの混乱を収めるには充分だった。

「たとえ印章の大きさが違おうと、印影は同じなのだ。教会が貴族院に登録照会をしても問題になることはないだろう。つまり、今頃しっかりと婚姻書は受理され、ナディウスとリエリア卿は正式に夫婦となっている」

国王の手が金庫を撫でる。

「リエリア卿の生死にかかわらず、シュビラウツ家の全てはナディウスのものだ」

勝ち誇ったように国王の片口が吊り上がった。

「そんなに欲しいかしら？　嫌われ者のシュビラウツ家の財が」

「元々君は息子と結婚する予定だったのだ。欲しい欲しくないの話ではない。元よりこの財は王家のものとなるものだ。確かにシュビラウツ家は貴族や国民に良くは思われていなかった。だからこそ、我が王家が後ろ盾となってやったのだよ。婚約者という立場を与えてな」

「与えて……ね」

何がおかしいのか、リエリアは顔を逸らし口元に歪《いびつ》な笑みを浮かべる。

なんなんだ。自分が知っていた、彼女はいったいなんだったのか。

「さあ、リエリア卿。君の義父である私に本物の印章を渡したまえ。君を含め、全ては王家のものとなったのだから」

「それはちょっと困りますねえ」

またもや、場にそぐわぬ陽気な第三者の声が部屋に響いた。

リエリアの件から声の出所は分かっていた。

ナディウスと国王は、一斉にリエリアが出てきて半開きになっていた壁へと視線を向ける。

「だって、彼女は俺の奥さんなんでね」

出てきたのは、ナディウスには見覚えのある顔――商人のイースだった。

思わず「なぜ生きている」と叫びそうになったが、しかし、ナディウスよりも真っ先に反応を示した者がいた。

「なぜ生きている！」

国王だった。

「確かにお前は死んだはずだぞ！」

ナディウスは目の前に立つ父の背を、恐怖に引きつった顔で見つめた。

「ち……父上……？」

全身が硬直する。場の空気が薄くなる。額からツーと冷たいものが流れ落ちる。

その冷たさが、ナディウスに時が止まっていないことだけを教えてくれる。

薄々とは気付いていた、はずだ。

あえて考えないように、明確な答えを出さないようにしていたのだと思う。

だって、もし理解してしまったら、それは父が人を——。

「どういうからくりだ、貴様」

「いえね、育ち的に毒には慣れてまして。それと、毎度同じ毒を使うのは感心しませんよ。テオ……ああ、あの貧民街の少年ですが、彼に使ったものと同じのだったでしょう？　ちょっと少年の遺体を調べさせてもらいましてね。念のため、そこいらに効く毒消しを持ち歩いてたのですよ」

ナディウスの顔は小刻みに左右に揺れる。

『聞きたくない』『それ以上は言わないでくれ』とでも言うように。

しかし、国王とイースの会話は、ナディウスの思いを無視して進んでいく。

「次に狙われるのなら、自分だろうと思っていましたし」

「だが、記者の小僧がお前の遺体がルベル川で上がったと言っておったぞ！」

「あっはは！　ゴシップ記者の言葉を信じるだなんて、陛下は随分とお優しいんですね」

「——ッもう、やめてくれよッ!!」

ナディウスの悲痛な叫びが、二人の会話を遮った。

「～～ッぅうう……何がしたいんだよ、リエリア！　僕達をどうしたいんだよ!?」

今までの会話と、知らされた事実だけをつなぎ合わせていくと、自分の父は貧民街の少年と、目の前の商人を毒殺したということになる。商人はどうにか生き延びたが、しかし殺意を持って毒を使ったことには変わりない。

——父上が……父上が、人を、殺したのか……ッ!?　しかも、故意にだと……!?

どんなに自分に厳しくとも、それは賢王としての矜持《きょうじ》があるからだと信じていたのに。

「もうやめてくれっ！　僕は何も聞きたくない！　知りたくない！　……っもう、全て終わったんだ。その金庫をもらって全てを終わりにしたい……」

今すぐこの場から立ち去りたかった。

「だから、その権利はあなたにはないんですよ、殿下」

「……どういうことだ、商人」

「言ったじゃないですか。彼女は私の妻だと。殿下が出すよりも先に、私が婚姻書を出しただけですよ。本物の印章と彼女本人を伴ってね」

リエリアの隣へとやってきたイースは、見せつけるようにしてリエリアの腰を抱き寄せた。リエリアも抵抗する素振りを見せない。

「もし、殿下がわたくしと婚約した時からきっちり向き合ってくださっていたら、その指輪の印章が偽物だと気付いたでしょうに」

リエリアはハーフアップに結ってある後頭部へと手をやった。

そして、髪に挿してあった髪飾りをするりと引き抜き、こちらに見せつけるようにして持つ。

「これが本物の印章よ」

棒のような髪飾りは先端が円錐《えんすい》形になっており、煌びやかな装飾が施されていたが、よく見ると先端が確かに印章になっていた。

そして金庫のくぼみに、その髪飾りは本物だと証明するかのようにキッチリと収まった。

カチリ、と音がして金庫の扉がゆっくりと開く。

「な、何がしたかったんだよ、リエリア！　こうやって、目の前で全てを奪い取っていくんなら、最初から遺言状なんか書くなよ！」

涙目になってヒステリックに叫ぶナディウスに、リエリアは顎をあげて肩を揺らしていた。

「わたくしがそんな無意味なことするはずないじゃない——って、殿下はわたくしのことなんてちっとも知らなかったわね」

リエリアは開いた扉の隙間から手を入れ、中から一枚の書類を取り出した。

「わたくしはね、知りたかったのよ」

「何を……」

ヒラヒラと彼女の顔の前で振られる書類は、いったいなんの書類だろうか。

「父と母を殺した犯人を」

「は?」

彼女の両親は、火事での事故死だったはずだ。

四章　真実の奥の隠された真実

1

十七歳の時、リエリアは突然父と母を失った。

強く、優しく、子供の目から見ても恥じることなど何一つない気高い人達だった。

たとえ裏切りの貴族と呼ばれていても、リエリアにとっては胸を張って誇れる両親だった。

母は、元々シュビラウツ家領の領民だった。

外から嫁いできてくれる貴族がいない以上、やはり同じ領内での嫁探しとなっていたようだ。

代々がそうやって来たと聞いていた。平民の女にしか相手にされないと、他の貴族達からは揶揄されていたようだが、仲睦《なかむつ》まじくお互いを愛し合っている両親を見ていると、揶揄する方がどうかしているとすら思えた。

表面しか見ない者達のなんと愚かなことか。

外側からどう思われようと、シュビラウツ家は間違いなく幸せだった。

心優しい領民や使用人、愛情をたっぷり与えてくれる両親。

いつかは自分もそんな伴侶を得て、この地で穏やかに過ごせれば……と、そんなことを思っていたある日。全ての希望は瓦解《がかい》した。


火事だった。

仕方ない。

事故だったのだ。

誰もがそう思っていた。

最初は……。


しかし、ひとつずつ、ひとつずつ状況が明らかになっていくに従って、腑《ふ》に落ちない点がいくつも浮かび上がってきた。

なぜ、深夜に両親は寝室ではなく『執務室』にいたのか。

なぜ、二人の亡骸《なきがら》は重なるようにしてあったのか。

なぜ、母は金庫を抱えていたのか。

あの夜、リエリアが聞いた足音は、いったい誰のものだったのか。

そして、事故ではないと判じるに至った決定的な証拠は、母の腹部にあった。

金庫をしっかりと抱きしめていたからだろう。誰かも分からなくなるほど燃えた遺体の腹部だけ、僅かに燃えずに往時の状態を保っていたのだ。

金庫から引き剥がした母の腹部には、見覚えのある夜着の布が残っていた。

べっとりと、どす黒い血が染みついた布が。

まさかと思い、父の遺体も調べれば、父の背からは刺創がいくつも見つかった。

父と母は火事で死んだのではない。

何者かに殺され、火に焼かれたのだ。

2

「じゃあ、なぜ父と母は殺されなければいけなかったのか……そんなの、心当たりが多すぎて分からなかったわ」

シュビラウツは嫌われていた。

しかも、財は他の貴族達よりも遥かに多く持っていた。

嫌いな者達が自分達より裕福な生活を送っている——嫉妬を買うには充分な理由だった。

しかし、はたしてそれが殺すほどの理由になるだろうか。

「そこで、もしかしたら金庫の中にあるものが原因かもと思ったの。金庫を抱えて死ぬだなんて、どう見ても不自然だったもの」

その中にあるものを犯人が欲しがり、しかし両親は頑として渡さなかった。

そこで犯人は逆上して、もしくは無理矢理奪おうとして殺した――そう考えるほうが自然だった。

「金庫に開けられた形跡はなかった。つまり、犯人は欲しいものを奪えずじまいだったということ。人を殺してまで欲しがったものを、犯人がそれきりで諦めるとは思えなかったわ。だからわたくしは遺言状を作ったのよ。犯人が金庫の中の何を欲しているかまでは分からなかったから、シュビラウツ家の全てを賭けた遺言状を」

犯人なら、この機会を逃すことはしないだろうと踏んで。

「全てを明らかにするのに三年……三年もかかってしまったわ……」

リエリアの目は金庫に向いていたが、その瞳はどこか遠くを見つめていた。

「分からない……分からないぞ、リエリア……。貴族殺しは大罪だ。そんなこと、警吏に任せ、法の裁きを受けさせれば済む話じゃないか」

リエリアは鼻でナディウスを嗤った。

「シュビラウツの為に誰が動いてくれるというの？」

「先代当主様と奥様が亡くなられた時、わたくし共の耳には弔辞よりも先に、シュビラウツ家の財の行方を気にする声ばかりが入ってきましたなあ。いやはや嘆かわ……いえ、懐かしいことで」

マルニードは相変わらずほほと柔らかく笑いながら言っていたが、声音には、はっきりとした怒気が滲んでいた。

両親が死んだ時、彼が夜の厨房《ちゆうぼう》でひとり嗚咽《おえつ》していたのを、リエリアは知っている。

「だ、だとしても、わざわざ遺言状を作って死んだふりまでしなくとも……！　財を欲しがる者を見つけたいのなら、それこそ婚約者を募るだけで良かっただろう！　シュビラウツ家の何かが欲しいのなら、絶対に手をあげるはずだ！」

「ふふ、王子様ったら馬鹿ね。婚約者には家格が大きく関わってくるものよ。もし犯人が平民だったらまず婚約者にはなれないし、王家が出てきたらおしまいじゃない」

事実、王家が出てきてリエリアはナディウスの婚約者となっていたのだから。

「それでも、国を巻き込んでこんな馬鹿げたことをするだなんて……いったい今回の騒動で、どれだけの人間を不幸にしたことか……っ」

「あら、だってわたくしは悪役令嬢なのでしょう？　あなた達のお望み通りの人間になってあげたんだけど、何かご不満でも？」

酷薄な笑みを浮かべるリエリアは、まるで噂の悪役令嬢そのものだった。

「それに、あなたの言う通りなら、両親はあなたが殺したことになるわね、ナディウス殿下？」

「ち、違う！　僕は決してそんなことしない！　それどころか今の今まで、あの火事は事故だと思っていたんだから！」

「そうね、あなたみたいな馬鹿には無理だって、今回の件でよく分かったもの」

貶《けな》されたというのに、ナディウスは犯人ではないと言われたことに、どこか安堵している様子だった。

「遺言状を出して、案の定平民も貴族も全て、我が家の財を目当てに群がったわ。でも、印章の壁があると知って、皆アッサリひいたわ。それでもこの無理難題を知っても諦めなかったのがルーイン子爵家と王家だったわね。その執着から、わたくしはその中の誰かが犯人だと確信したわ」

「子爵家と王家のみ？　リエリア嬢、その商人は何者なんだ。そいつも遺言状の候補者に名乗りを上げた奴だぞ。もしかしてそいつが犯人じゃないのか!?　君にここまで取り入るだなんて、しかも財がその男のものになったということは、そういうことじゃないのか！　君はその商人に騙《だま》されているんだ！」

矢継ぎ早に喋るナディウスは、まるでこれ以上リエリアの話を聞くのを嫌がっているようにしか見えなかった。

リエリアには、彼の心など手に取るように分かる。彼女が言わんとしている犯人が誰なのか、無意識に答えを出そうとしている自分の思考を、わめき立ててでも止めたいのだろう。

リエリアは馬鹿にしたように笑った。

「彼はわたくしの協力者よ。三年前からのね」

◆

「三年前だと!?　馬鹿な！」

そんな昔からこの遺言状の騒動は仕組まれていたというのか。

「私は、犯人をあぶり出すための噛ませ犬みたいなもんですよ」

驚きに声を上げるナディウスに、イースが苦笑を向ける。

「シュビラウツ家の先代様が亡くなったと聞いて、私は父からの弔辞を届けるためにシュビラウツ家を訪れました。商取引で先代様に会うことはあっても、ファルザス王国まで赴いたのはそれが初めてでしてね……驚きましたよ。停戦の英雄を、ファルザス王国では裏切りのなんて、馬鹿みたいな渾名で呼んでいるんですから」

へらへらとしていた商人の目が鋭くなった。

「あの貧民街の少年……テオって言うんだが覚えているか、殿下？」

先ほどまでとうってかわり、商人の言葉遣いが尊大なものになる。

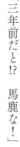

しかし、ナディウスはそれが当然のことのように感じられた。

商人がまとう空気は、間違いなく商人のそれではなかった。

気圧《けお》されるような形で、ナディウスは「覚えている」と頷く。

「あの少年を探し出すのに三年かかったよ。シュビラウツ家の火事について知っている者や、あの日シュビラウツ家領に近付いた者がいなかったか、随分と聞き回ったさ。おかげで、今じゃ自国のロードデール王国より、ファルザス王国の知人のほうが多いくらいだ！」

陽気に笑っているが、場の雰囲気に陽気さは微塵もない。

「あ、あの少年は墓荒らしだ。シュビラウツ家について知っていることなんかないはずだ」

「正確には盗人らしいがね。金《かね》をちらつかせたら色々と話してくれたよ……多分、犯罪に対する罪悪感も何もないんだろうな、ああいう子は。生きるために罪を犯すことが当たり前だったんだろうな……」

王子相手に金銭を要求するくらいだ。そのくらいの図太さがあっても不思議じゃない。しかし、そんな輩と貴族であるシュビラウツ家に、いったいどんな関係があったというのか。

イースの目線が一瞬、ナディウスから国王へと振られた。

なんだ今の視線は、と感じるも、次の商人の言葉でナディウスの違和感はすぐにかき消された。

「テオは、火をつけたのは自分だと言ったよ」

「な――っ⁉」

驚愕《きょうがく》に漏らした、ナディウスの吃音が部屋に響いた。

「だったら、あの少年がリエリアの両親を殺した犯人じゃないか！」

「いや、少年は火をつけたのは自分だと言っただけだ。盗みに入ろうと、窓から侵入した部屋に偶然人がいて、驚いた拍子に燭台を倒してしまったらしい。彼は、結局何も盗らず、そのまま窓から逃げたと言っていたよ」

「そこにいた人はリエリアの父親か母親だったんだろうさ。じゃあ、やっぱり火に巻かれて亡くなったのは事故だったんじゃないか。傷は火事で倒れてきた家具でついただけだろう」

「はは！　そう思うだろう？　事実、俺もそう思ったし、テオもそう思っていたようだったよ」

実に含みのある言い方だった。

「だが、テオが見た者の特徴は――」

そこで突然、父の声が商人の言葉を遮った。

「ははははっ！　そんな浮浪者の言葉など当てにならんな。どうせ物盗りが夫妻を殺した上で火を放ったのだろう。川に落ちて死んだところで天罰よ」

ナディウスの立つ場所から国王の顔は見えなかったが、対面するリエリアの目がスッと細くなったのは見えた。

温度が消えた。冷めたというより、どこか落胆したような色をしている。

いったい彼女の目には何が見えているというのか。

「テオが見たのは、白髪の恰幅《かっぷく》が良い老齢の男だ」

しかし、一度遮られても、商人は口を閉ざさなかった。国王の言葉には取り合わず、遮られた先の言葉を続けた。

次の瞬間、ナディウスの目は、リエリアから国王の背中へと向いていた。

「…………え？」

困惑した声が勝手に漏れ出た。

シュビラウツの者はほぼ領地からは出てこない。とはいえ、ナディウスはかつて一度だけ、シュビラウツ伯爵を見たことがあった。

そして伯爵が、テオが証言したような姿をしていた記憶はない。

白髪というにはまだまだ黒髪のほうが多く、確かにしっかりとしたガタイではあったが、恰幅が良いとまではいえない。ついでに老齢というほど老いてもいない。

確か、彼が亡くなった時点では、まだ四十そこそこだったと思う。

テオの証言にあるような姿はむしろ……。

「……っ」

むしろ……。

そういえば、テオがシュビラウツ家に火をつけたと聞いて、驚きの声がなぜ自分からしか上がらなかったのだろうか。

喉がくっつきそうなほどカラカラに渇いていく。

「リエリアが聞いた足音は誰のだったんだろうな？」

「足音？」

「火事の日の夜、わたくしは誰かが駆け去って行くような、ドタドタとした足音で目を覚ましたのよ。もし、テオがわたくしの父を見ていたのなら、父も逃げたはずだから執務室から遺体が見つかるはずがないのよね」

「とすると、考えられる可能性はひとつ。テオが見たのは先代様じゃない。その時すでに、先代様と奥方様は机の陰で死んでいて、テオは逃げる犯人を目撃してしまったんだ」

「ねえ、殿下？　どうしてテオは死ななければならなかったのかしら？」

「そ、それは……？」

リエリアとイースから交互に与えられる情報に、ナディウスの頭はそろそろついていけなくなっていた。

テオは毒殺されて、川に捨てられた。

テオには父が毒を盛ったのかもしれない。

ではなぜ、テオを殺す必要があった？

偽の印章を王家に渡したことの口封じか？

「ちなみに、盗掘していたテオを昏倒《こんとう》させて、偽造印を持たせたのは俺だよ」

「はあ⁉」

もうわけが分からない。

「テオが王宮に偽造印を持ち込むのは予想がついていたからな。どう出るか試させてもらったら……まさか、最悪の結果になろうとはね」

「……っ」

思わず視線を逸らしてしまった。

「ねえ、殿下。テオは王宮で何かを見たのじゃないかしら？」

「何か？」

いやに曖昧な聞き方をするもんだ、と思ったものの、ナディウスは牢屋でのテオの様子を思い出す。

彼が見た可能性があるのは、王宮の衛兵と自分の侍従、それと幾人かの使用人と自分と父くらいで……。

テオの声が脳裏で蘇る。

『まさか』

テオは、父と自分が牢屋に現れて明らかに動揺していた。

『あ、あんた……』

テオは掠《かす》れ声を発しながら、父を指差し『こ、国王⁉　う、うそだ！　だって――』と言っていた。

その先の『だって』に繋がる言葉を、確か父が『騒ぐな』と遮ったのだったか。

「……ぁ」

繋げたくなかったのに、いつの間にか繋がってしまった。

自分の首が、まるでできの悪い軋んだ人形の首にすげ替えられてしまったかのようだった。ギギギ、と国王の背中に向けられたナディウスの顔は凍《い》てついている。

「何か心当たりがあったようね」

リエリアは、全てを見透かしたように微笑していた。

「子爵家が脱落して、残るは殿下か陛下の二択だったのよ。薄々殿下には人は殺せないと分かっていたけど、陛下はあまりにも表には出てこない人だったから、掴みかねていたの」

でも、とリアリアは続ける。

「この場ではっきりしたわ。一番、誰がこの金庫の中身を欲しがっているのかって……」

金庫の中身を一番欲しがっている。

それはつまり――。

「ち、父上……まさか……テオだけでなく、リエリアの両親まで……う、嘘ですよね？」

父は反応しなかった。

それが無性に苛ついた。

「なぜ、そんなにシュビラウツの財が欲しいんですか!!　人を殺してまで欲しがるものじゃないでしょう!?」

「黙れっ、ナディウス!!」

ずっと背を向けていた父が肩越しに向けた目は、真っ赤に血走っており、ゾッとして身震いしてしまった。

「お前には分かるまい……六代目の苦しみなど……っ！」

「シュビラウツに見捨てられるのが怖かったか、ファルザスの王よ」

商人が憐憫《れんびん》の眼差《まなざ》しと声音を、肩を怒らせた国王に向けていた。

しかし、この場においてナディウスだけが『六代目』の意味を分かっておらず、国王と商人の言葉の意味を掴みかねて戸惑いを露わにする。

「息子に伝えてもなかったのね、五代条項を。隠す話じゃないでしょうに」

「黙れ小娘!!　能力もない者に話したところでどうなる！　馬鹿に憐《あわ》れみを向けられるなど不愉快の

極みだ!!」

ナディウスは言葉が出なかった。

父のセリフは、まさか自分のことを指しているのか。

自分は今、能力のない馬鹿だと言われているのか。実の父親に。

顔を青くして唇を震わせているナディウスを見て、リエリアは小さく肩をすくめると五代条項について説明した。

全て聞き終えたナディウスは、息をするのもやっとだった。

「今まで私が賢王と呼ばれるために、どれだけ周囲に気を遣い骨身を砕いてきたか……元より取り繕う顔を持たぬお前では分かるまいて」

「じ、じゃあ、父上がリエリア嬢を婚約者にしたのは、リエリア嬢に……シュビラウツ家に捨てられないようにするため？　それだけのことで……僕はミリスと無理矢理別れさせられたんですか……」

「何がそれしきだッ！　王家の威信に関わる問題だぞ！　これだから自分のことしか考えぬお前は馬鹿だと言うのだ！」

自分のことしか考えていないのは、はたしてどちらだろうか。

この父は、本当に賢王と民に讃《たた》えられた者と同一人物なのか。

「息子を愛する人と自分勝手に引き裂いておいて！　自分勝手なのはどっちですか！」

目が熱かった。

自分のために厳しいのだと思っていた……信じていた父親が、自分のことをこのように思っていただなんて。

すると、ふんっと呆《あき》れたような溜め息が聞こえた。

吐いた主は、商人だった。

「よく、元婚約者であるリエリアの前でそんなセリフが吐けたもんだ。俺にとっちゃ、結婚式の日、偶然王宮前にミリス嬢がいたからって、彼女の意思も聞かずに勝手に連れ去る殿下も、よっぽど自分勝手だと思うがね」

「ど、どうして商人がそれを……！　まさか、ミリスが言っていた奴は――っ！」

商人は片眉を持ち上げ、いかにもな様子の笑みを口元に描いていた。

全てを察した。

偶然などありはしないのだ。

全て、最初から仕組まれていたことだったのだ。

「まったく……息子のくせに私に似ず、お前は本当使えんな。王家の顔に泥ばかり塗りおる」

「な……っ！」

羞恥と悔しさで、一瞬にして顔に熱が集中する。

そこへ、クスクスと華奢《きやしや》な嘲笑が部屋に響いた。

目を向ければ、リエリアが至極楽しそうに笑っているではないか。

「わたくしにしたら、親子揃って泥を塗っているようにしか見えないけど。子が子なら、親も親ね。嫌われ者のシュビラウツに選ばれなかったとなれば、その程度の王だったんだって見られる恐れがあるものね。実に虫のいい王様だわ。今まで貴族達をまとめるための生贄としてシュビラウツ家を使っておいて、いざ捨てられる可能性がでてきたら、捨てられないように婚姻で縛り付けようだなんて」

「……っ見損ないましたよ、父上」

「ハッ！　表層しか見ない馬鹿共に見損なわれても痛くも痒《かゆ》くもないわ」

「父上……っ」

こんな父の言うことを聞いて動いてきた自分が馬鹿だった——と思ったが、そこでひとつ疑問が浮かぶ。

「リエリア嬢を留めるための婚姻だったら、なぜ、リエリア嬢が死んだ後でも、ここまで必死になって結婚させようとしたんですか……？」

ロードデール王国に行かれるのが嫌だったのなら、それはリエリアが亡くなった時点で心配無用となる。

しかし、父は何が何でもリエリアと結婚させようとした。

そして、今なお金庫の中身を欲しがっている。

「商人……君は父上に毒を飲まされたんだったよな」

「ああ。あれは効いたね」

「それは、父上に指輪の印章を渡した時か？」

「マルニード宛てに、俺と会いたいっていう陛下からの手紙が届いてね。殿下の話から、俺がシュビラウツ家にいることは分かってたんだろう」

「それで、どんな話をしたんだ」

「殿下にしたのと同じ話さ。屋敷と墓地と北部の土地さえくれたら、その他の全てを渡すって」

「……商人がもらおうとしたものの中に、父上の欲しいものが入っていた？」

「あら、正解よ。殿下」

リエリアは、ひらりと金庫から最初に取り出した一枚の書類を振って見せた。

「これは、我がシュビラウツ家領の北部にある山の権利書なんだけど」

山がどうしたというのか。

「その山で特殊鉱物がとれるのよ」

「特殊鉱物……って、その金庫か！」

またしてもリエリアは「正解」と言って、目を細めた。

どこかで聞き覚えがあると思えば、以前、商人がそのようなことを言っていたのを思い出した。金庫は特殊鉱物で作られていて、そんじょそこらの物では破壊不能だと。

「陛下が一番欲しかったのは、シュビラウツ家の財というよりこの鉱山なのよね？」

挑発するように、国王を下から見上げるリエリアは、とても物静かで、他人に無関心な令嬢とは言えなかった。

とことん自分は彼女について何も知らなかったのだなと、今になって実感する。

こんな令嬢が、婚約者に結婚式をすっぽかされただけで首を吊るとは、到底考えられない。

もし、自分が彼女のことをもっと知っていたら、最初からこんな茶番に付き合わずにすんだのだろうか。

「そういえば、父上は南部の鉱脈がどうのこうのと……」

「そうそう。だからその山があるシュビラウツ家領北部の土地を欲しがった俺を、陛下は殺したわけ。いやまあ生きてるけど……。鉱山のことを知る可能性のある者で、かつ、邪魔者だったから」

さらりと言われた重い言葉に、また頭が痛くなってくる。

「どうしてカウフ・シュビラウツが、ロードデール王国側の損になるような『領地ごとのファルザス王国への編入』を求めたか分かるかしら？　この鉱山をどちらの国にも渡さないためよ」

「この鉱物で作った武器を用いれば、ロードデール王国とファルザス王国との軍事バランスを逆転させることなんか容易《たやす》いからな」

現在まで停戦が保たれていたのは、ロードデール王国が農産国であり、ファルザス王国の食卓が、彼らからの輸入食物で彩られているからだ。

軍事力で敵《かな》わないロードデール王国は食料でファルザスに媚び、軍事力に長けたファルザス王国は、武力を行使しない見返りに食の豊かさを享受している。

しかし、もしロードデール王国が軍事力までもったらどうなるか。

均衡はあっという間に崩れ去るだろう。たとえ、向こうに武力を行使する気はなくとも、こちら側は喉元に刃を突きつけられ続けるようなものだ。生きた心地がしない。

「陛下は大方、隣領で特殊鉱物が出て、その鉱脈の源がシュビラウツ家領にあるって知ったのね。父は亡くなる一年ほど前から、よく手紙をもらっては溜め息を吐いていたわ。父は最後まで差出人が誰かは教えてくれなかったけれど……あの手紙も全て陛下だったんでしょう？　わたくしを嫁にって話か、鉱山を国に譲れって話か何かは分からないけど……」

父を見遣れば、大きな背中が小刻みに揺れていた。

全てを露わにされ、追い詰められ、嘆くほかないのだろう。

と、思っていたのに、次の瞬間、父の口から聞こえてきたのは、空気を割るような大音声の笑い声だった。

「あっはははは！　よくそこまで推理できたものよ！　さすがは智将の血といったところか」

分厚い手が拍手する音と笑い声は、まるで廷臣の功績をたたえているかと錯覚するほど、陽気なものだった。

「認めるのね？」

しかし、拍手が止《や》んだ途端、同じくピタリと笑い声も止まる。

「……国王である私が……この私が！　たかがいち貴族相手に何度も娘を未来の王妃にしてやろうと言っていたのに、それをあの男は断りおった！　しまいには、五代条項のことまで出して、娘はロードデール王国に行かせるとまでなァ！」

「当たり前じゃない。あなた達王家が今までシュビラウツ家にやってきたことを考えれば、この国にいる理由なんてないもの」

「ハハッ、私達はシュビラウツ家には何もしておらんよ」

「そう、何もしなかったわ。真実を国民に話さず、間違った認識を訂正せず、自分たちに都合の良い『的《まと》』にしてきた人間に、どうやって懐けと言うの」

「どうせ、元より我が国に五代以降もいるつもりはなかったんだろう？」

「そんなことないわ。もし、ファルザス王国が……王家がシュビラウツ家に対する世間の目を変えてくれていたら、ただの貴族として受け入れてくれたのなら、わたくしはきっとこのままファルザス王国にいたわ」

「信用できるか」

父は吐き捨てるように言った。

そんな父を、リエリアはなんとも言えない、憐憫《れんびん》と呆れと嫌悪の混じった顔で見つめていた。

「さて、リエリア卿。これで満足かね？　あいにく王である私は忙しい身でね、お子様の推理ごっこを聞いている暇はないんだよ。私はこの国の王としてこの土地をロードデール王国に渡すわけにはいかないし、生きているのなら……リエリア卿、君も我が国のものだ」

「わたくしは、わたくしのものよ。それに言ったでしょう、わたくしはもうこの人と結婚をしたって」

「そうか、それは困ったな」

困ったと言いつつ、その声はまるで『明日は晴れるだろうか』と言う程度の、平然としたものだった。

「大人しく私のものになってくれないのならば、この場にいる全員には死んでもらわなければならないな」

「――っ父上！　な、何を言っているのですか……っ！」

ナディウスは咄嗟《とっさ》に国王の背にしがみついた。

「仕方ないのだよ、ナディウス。これしか私の望みを叶《かな》える方法はない」

「しかし、人を殺すなど……！　もう良いではありませんか。リエリア嬢、大人しく鉱山をよこせ！　その他のものはいらないから！　でないと、父上がまた罪を重ねてしまう！」

リエリアの眉間にきゅうと深い皺が寄った。

その表情も初めて見るものだ。

彼女は存外に感情豊かな人間なのだと、今更に知る。

「この期に及んで、やはり自分のことばかりなのね……殿下も立派に陛下の血を引いてるわ」

「言ってる場合か！　――っやめてください！　お願いです、父上！」

初老とはいっても身体が大きな国王は、ナディウスの静止などものともせず、一歩一歩とリエリア達の方へと近付いていく。

「元よりリエリア卿は死んでいた。くわえて異国の商人が死のうが、シュビラウツ家の使用人が死のうが誰も気にはしない。だが私が亡くなれば大問題だ。私がシュビラウツ家に行くことは、王宮の者達なら誰もが知っている。それどころか、街の者や貴族達も私の馬車が南部へ向かったのは見ているからな。その中で、私が少しでも傷を負って帰ってきたら、どうなるだろうなあ？　王を傷つけた大罪として、まず屋敷の使用人は全員死刑だろう。それどころか領民にも咎《とが》があるかもな？　ということで、やはりこの場の解決方法は、私以外に死んでもらうことだけだ」

「私以外って……まさか、父上……っ！　まさか、息子である僕までもを⁉」

「できが悪いとは常々思っていたが、お前には失望したよナディウス。お前は弱い。生かしておくと懺悔《ざんげ》だとか言ってペラペラ喋りそうだしな。跡継ぎは心配するな。また産ませればいいだけの話だ」

「父上――――ッ‼」

ナディウスの目からはボロボロと涙があふれ出し、頬を濡らした。

ぐずぐずになった顔を父の背に押しつければ、邪魔だとばかりに太い腕で払われ、ナディウスは床に尻餅をつく。

それでも国王は息子を一瞥もしない。

今、彼の目に映っているのは、獲物と定めたリエリアだけだった。息子である自分の姿など映っていやしない。

いや、今までも父が自分を見てくれたことなどあっただろうか。

「……っ……ぅく………………ッ！」

ナディウスは、吐き出しようがない感情に、何度も床に拳を打ち付けることでどうにか耐えていた。

その床を叩く音に混じって、彼の背後でキィと扉が開く音がした。

「……え」

振り返った先の光景に、ナディウスの目が点になった。

◆

一方、国王によってリエリア達は部屋の奥まで追い詰められていた。

リエリアを守るようにイースが彼女の身体を抱きしめ、その前には、間に入るようにしてマルニードが立ちはだかっている。

国王の右手には、豪奢《ごうしゃ》な飾りがついた短剣が握られている。

実に準備の良いことだと、リエリアは皮肉に片口をつり上げた。

「悪事はばれるものよ、陛下」

「気遣い感謝するよ、リエリア卿。だが、死人に口なしと言うだろう。それに私は『賢王』だ。皆が私の言葉を信じるさ！」

国王が短剣を振り上げた、その時。

「そんな言葉、僕が伝えさせない！」

突如、乱入してきた声に、国王の動きがピタッと止まる。

振り向いた先——部屋の入り口に立つ者の姿に、「お前は」と国王は目の下を痙攣《けいれん》させた。

開いた扉の向こう側に立っていたのは、礼儀正しく腰前で両手を重ねたメイドと、メモとペンを手にした青年だった。
メモとペン。
それは彼――ハイネのトレードマーク。

幕間　ゴシップ専門『ローゲンマイム社』の新人記者・ハイネの取材日記V

『もしかすると、ロードデール王国も仰ぐ王が違えば、ファルザス王国と同じ道を辿《たど》っていたのかもしれない』――と、かつてイースさんが僕に語ってくれたことがあった。

■10月28日（取材24日目）

カウフ・シュビラウツがファルザス王国の貴族となったことを、ロードデール王国の民が知った時、彼らは怒り悲しんだ。しかも、領土まで敵国であったファルザス王国へと持っていくとは、恥知らずだと指をさして罵《ののし》ったという。

彼らにとっては、領土を削られ、シュビラウツ家の向こう側にあった国境線が、突然目の前にやって来たのだから、至極当然の反応だったんだろう。

もしかすると、再び戦争になった時、シュビラウツ家は遠慮なく新たな国境線を踏み越え、実家に帰るような顔して槍《やり》を突き出してくるのかもしれないという恐怖が、ロードデール王国民達の怒りをさらに増幅させた。

言い換えれば、それほどにシュビラウツ家は、ロードデール王国では頼りにされ、愛されていた貴族だった。

民は、カウフ・シュビラウツへの批難を口にしながら王宮へ詰めかけた。

停戦などせずに、今のうちに裏切り者のカウフ・シュビラウツごとファルザス王国を叩こうと、口々に言い募った。

当初、ロードデールの国王は停戦協定について、詳しい事情を国民へは話していなかった。隠すべきことではないと国王は思っていたが、カウフ・シュビラウツが国民へ話すことを望まなかったという。

カウフ・シュビラウツは、両国からの全ての敵意を背負うつもりだった。それが陣頭指揮をとってきた自分の責任であると信じて疑わなかったらしい。

だけど、盟友であるカウフ・シュビラウツの本意を知らず罵る国民を前に、当時の国王は彼との約束を破った。

心優しきカウフ・シュビラウツが罵られ続ける状況に、黙っていられなかったのだとか。


『信じよ、皆の者！』

国王は、王宮に詰めかけた者達を前に、バルコニーから身を乗り出さんばかりに叫んだ。

『皆が知っているカウフ・シュビラウツという男は、そのように薄情な男だったか！』

『彼は私達を裏切ったのではない！　私達に背を向けたわけではない！　あの地に留まり続けることで、私達をその背で守ってくれているのだ！』

『ロードデールが今日も平和であれるのは、シュビラウツがいてくれるからだ！　断じて、私がいるからではない！』

王は全てを国民につまびらかにし、『頼む』と頭を下げた。

これ以上の犠牲を出さぬために、敵国へと生贄のようなかたちで渡ったカウフ・シュビラウツ。

『もし、ここでシュビラウツの背に石を投げるようであったら、二度とシュビラウツはこの国には戻ってこないだろう。恩を仇《あだ》で返すような民であってくれるな、ロードデールの子らよ。忘れるな。何代先でも伝え続けよ。シュビラウツは我が国の英雄であると』

◆

「僕は、イースさんからこの話を聞いた時、とっても恥ずかしかったです。自分が……ファルザス王国の民であることが、ものすごく恥ずかしかったんです」

部屋の扉を開けたら、涙でぐちゃぐちゃの殿下がへたり込んでるし、奥では陛下が短剣が握られた右手を、マルニードさんに向けて振り上げていた。

これが自分が住む国の統治者達かと思うと、嫌悪感がこみ上げてきた。

「全部、最初から最後まで聞かせてもらいました」

陛下の掲げた右手がゆっくりと下ろされる。

そして、大きな身体がこちらへと向いた。

「確か、ルーマーとかいうゴシップ紙の記者だったな。今回の遺言状の件を取り上げていた」

「はい。殿下にも取材させていただきました」

「記者。私の言うとおりに記事を書けば、欲しいものはなんだってくれてやるぞ。一生遊んで暮らせるだけの金をやってもいい」

「いりません」

生まれて初めて、こんなに近くで陛下を見た。

殿下と違って身体は岩のように大きい。吐き出される言葉は重厚で、武人のような迫力がある。

だけど……。

「ああ、貴族になりたいか？　よかろう、男爵位を授けてやるぞ」

「いりません！」

中身はがらんどうな人だな、としか思えなかった。

「僕は何があっても、この真実を白日の下にさらします！」

「やめろっ！　ファルザスの子が、なぜ自国の王を苦しめるようなことをする。このことを発表したとて、誰も幸せにはなれぬぞ！　それどころか、記事を書いたお前は売国奴と罵られるかもしれん。もしかして、そこのロードデールの商人にでも誑《たぶら》かされたか!?」

陛下の皺が刻まれた目元が、さらに濃い皺を刻んだ。

それが威嚇する狼《おおかみ》のようで、思わずたじろいでしまう。王なだけあって、やっぱり向けられる圧は常人にはない攻撃性があった。

僕は強く頭を振って、陛下の圧を振りほどく。

「――っち、違う！　これは僕が決めたことだ！　イースさんには僕からお願いしたんだ！」

確かに、最初はゴシップ紙の良いネタだとしか思ってなかった。

この遺言状騒動は、今や平民も貴族も巻き込んでファルザス王国全体の娯楽となっている。

自分が書いた記事を、万民が楽しみにしているという全能感に酔いしれたこともあった。

だけど、それもほんの一時だった。

取材を進めているのに、次々と謎が浮かび上がってきた。

謎を追えば追うほど、皆嘘にまみれたことばかり口にしていた。

もう何が本当か、誰が嘘を吐いて、誰が本当のことを言っているのか分からなかった。

「僕は、いつの間にか取材っていうより、純粋に本当のことだけを知りたくなっていたんです。そして、この騒動の元凶であるリエリア様のことを知るために、マルニードさんを訪ねたら、『全てを見届けて』って言われたんです。僕は記者として……いや、ひとりの人間として、どんな真実が待っていようと、絶対に最後まで目を逸らさないって決めたんだ！　たとえ、自分の国の王様が醜悪だろうとも！」

「醜悪とは酷い言い草よのう。私は王としての体裁を守っているだけに過ぎんよ。それこそ、国民に頭を下げる王など情けなくていかんだろうが」

「僕はたとえどんなに情けなくても、真実をちゃんと伝えてくれる王様が良い！　嘘ばっかりの卑怯《ひきよう》者《もの》なんて嫌だ！」

「あっはははは！　真実とは笑わせる。そこの商人が死んだと言って、我が息子を欺いておいて」

「あれは、イースさんの存在をギリギリまで匂わせないためだ。もう一度命を狙われたら堪《たま》ったものじゃない！　マルニードさん達は、記事にするかどうかは僕の自由だって言ってくれた。だから、僕は必ずこれを記事にする！」

「誰がゴシップ紙の記事などを本気にすると思う！　それに小さな新聞社くらい、記事が出る前に王の力で潰してやろう！」

「それでも僕はやる！」

「――っく！　させると思うてか！　ナディウス、その記者を捕まえろ！」

陛下の声でハッとして思い出す。

陛下にばかり気を取られ、足元に殿下がいるのを失念していた。ここで捕まるわけにはいかない。

「やばっ！」

足を掴まれないよう後ろへ跳ぶようにしてさがったが、どういうわけか殿下が僕を捕まえようとする気配はない。

床の上で四肢をついて震えている。

「……ぃ……っ」

「何をしている、ナディウス！　さっさと動かんか愚図が！」

「――ぃ、いやだッ！　なんで自分を殺そうとした奴の言うことなんか聞かなきゃいけないんだよ！」

初めて殿下が陛下に向かって反抗したことに、その場にいた誰もが目を丸くした。

「黙れ、出来損ないが！」

「あんたが黙ってくれよ！　人殺しの父親なんか、殺される前にこっちから捨ててやるよ！」

言うが早いか、殿下は入り口にいた僕を「どけ！」と体当たりで跳ね飛ばすと、あっという間に駆け去ってしまった。

メイドの人と一緒に呆然と彼が走って行ったほうを見つめる中、部屋の中からは「ナディウス！

戻ってこい！」という陛下の虚しい叫声だけが聞こえていた。

「あーあ。息子にも見捨てられて、どうすんのかねえ、陛下？」

「黙れ……っ」

イースさんの呆れ半分といった声に、陛下は悔しそうに言葉を絞り出していた。

間違いなく自業自得とはいえ、息子に見捨てられた父親の姿はとても憐れに見える。

「陛下。わたくしは、本当は犯人を殺したいほど憎んでいるわ。だけど、ここであなたを殺しても、なんの解決にもならないし、私の気が晴れることは少しもない。だから、このまま生かして王宮へ帰してあげるわ」

リエリアさんが、怒りやら困惑で顔を赤や青にして唇を噛んでいる陛下の背を、トンと押した。多分、そんなに強い力じゃなかったと思う。

だけど、陛下はその場に膝から崩れ落ちてしまった。

「国民に蔑まれ、家族に見捨てられた恐怖に震えるが良いわ。その身で、シュビラウツ家が味わってきた苦しみをしっかりと感じてなさい。まあ、シュビラウツ家には信頼できる者達が大勢いたけど……あなたはどうかしらね？」

陛下は無言で床を殴っていた。

終章　とある新聞記者・ハイネの日記

僕は記事を書いた。

編集長は僕の記事を見た瞬間、眉をひそめて首を横に振った。

「こりゃあ、娯楽じゃねえ。とてもローゲンマイム社じゃ扱えねえな」

だと思った。

皆、この遺言状騒動を娯楽として消費していたのだ。

なのに、突然殺人まで出てきては、うさんくささが増す上に、読後感は最悪だ。

「……本当に出したいのか？　悪いが、読んでて気分良いものじゃなかったぞ」

「すみません。でも僕もゴシップ紙とはいえ記者の端くれですし、誰かを犠牲にしてばら撒《ま》かれた誤情報をそのままになんてできないんです」

律儀にも編集長は原稿を返してくれた。

「すみません、編集長。僕、今日限りで辞めます」

こうなれば、個人で手作業で書いて出すしかないな。と、これから掛かるであろう途方もない労力に肩を落とした時だった。

「これは、うちじゃ無理だ」

「え、ええ、分かってますが？」

「鈍い奴だな。うちじゃ無理だが！　こういったものを好んで扱ってる新聞社があるんじゃねーのか？」

「え……っと」

「ほら！　正しい情報を伝えることに関しちゃ折り紙付きの……」

そこまで言われて、僕の頭にあの新聞の名前が浮かんだ。

「フィッツ・タイムズ！」

王室の広報紙としても使われるくらい大きくまっとうな新聞社で、扱うものはローゲンマイム社の娯楽新聞とはかけ離れた情報新聞だ。

「ありがとうございます、編集長！　掛け合ってみます！」

「門前払いされそうになったら俺の名前出して良いからな～。あそこの社長とは付き合い長いからよ」

「編集長、大好きっ！」

いつもはダラダラして適当なことばっかり言ってるのに、最後の最後で格好いいんだから。

「男に好かれても嬉しかねーよ」

「もう少しサスペンダーの負担を軽くしてあげたら、女の人も寄ってくると思いますよ」

「うるせっ！　さっさと行け馬鹿が！」


こうして、僕が見聞きしたこの国と陛下とシュビラウツ家の真実は、宣言通り白日の下にさらされることになった。

もちろん、記事が出た当初は、新聞社に色々と苦情が舞い込んできたらしいが、しかし、フィッツ・タイムズの社長は頑として屈しなかった。

正しいことを伝えるのが社の方針であり、忖度《そんたく》をしてしまえば今まで築いてきた信用を一気に失ってしまう、と。

だから、たとえ国王の名前で発行停止命令が出されても、追加の刷りを止めただけで、あらかじめやり過ぎだろうと思うほど余剰に刷っていた新聞は、風に運ばれて国の端の片田舎の農夫の手にまで届いたという。

◆

「――へえ、よく書けてる記事じゃないか」

「あら本当。ゴシップ記事以外も書けるのね、才能あるわよ」

「あの……目の前でそんな隅々まで読まれると恥ずかしいんですが……」

シュビラウツ家の屋敷で、僕はリエリア様とイースさんを前にすっかり萎縮していた。

リエリア様とは、実はあの場が初対面だった。あの時は気が昂ぶっていて気にならなかったけど、こうして改めて面と向かって話すと緊張してしまう。

だって、人形みたいにすっごく綺麗だし、噂とは全然違って朗らかで優しいんだもん！

記事を読みあっては、イースさんとクスクスと微笑みを交わしている姿は、噂に聞いていた暗いだの傲慢だの金満家だのという言葉が、嘘っぱちだとよく分かる。

実に清楚《せいそ》で品があって、そして強い女の人だ。

まあ、そんな彼女が三年もかけて遺言状計画を立てたっていうんだから、人ってのは本当に分からないものだとしみじみ思う。

「それにしても、リエリア様。本当に陛下を、その……あの……」

「ああ、殺さなくてよかったのかって？」

言いにくい言葉をあっさりと言われてしまった。

まあ、実際はそうなので僕は首を縦に振るのだが。

「いいのよ。だって、もし自責の念に駆られて、とか自分の死で幕を閉じられた、とか悲劇の英雄みたいに後付けされたんじゃ困るもの。むしろ生きてたほうが、裏切られたっていう国民感情の矛先が向きやすいから、あれはあのままでいいのよ」

「そ、そうですか……」

やはり彼女は強かった。

ひとりで両親の死の真相を探ろうとしただけのことはある。

この強さは悪役令嬢に通ずるものがあるのでは、とちょっとだけ思ってしまった。

「ちなみに殿下は未だ行方不明だそうですが」

「あら、野犬に襲われてないといいわね」

「………」

有言実行してみせた彼女が言うと、本当にそうなりそうで怖い。

「それで、このシュビラウツ家領なんですが、今はどちらの国なんですか？」

「ロードデール王国でも婚姻書を出したし、もう俺の奥さんだからロードデール王国に入ってるよ。元々所有権はシュビラウツ家にあったから、ややこしいことはないんだ。やろうと思えば、シュビラウツ家領は独立だってできるよ」

「あら、ひどい。あなたの妻なのに、そんなことしないわよ」

「悪い悪い、冗談だよリエリア。君に逃げられたら俺は明日も生きていけないし、独立だなんてさせないさ」

チュッとリエリア様の額に口づけを落とすイースさん。

ねえ、僕がいること忘れてない？

「もうっ」って言って怒った顔してるのに、頬を赤くしてるリエリア様がまた可愛いんですが……。

はぁ、なんだかすっかりお似合いだな。

イースさんと結婚できて、リエリア様は良かったとしみじみ思うよ。だって、ナディウス殿下の隣だったら、きっとこんな顔をすることはなかっただろうと思うし。

こんなに可愛らしい人をずっと僕達は勘違いしてたって……本当、もったいないし、申し訳なかったよなあ。

おっと。気付けば、イースさんのリエリア様を見る目が、段々と悪戯じゃすまなくなりはじめてるよ。

僕は、慌ててゴホンッとわざとらしい咳払いをした。

「おや、すまないねハイネ。つい……」

「いえ……。そ、そういえば、この騒動の間ってリエリア様はどこにいらっしゃったんですか？　お屋敷のどこかに隠れられてました？」

それにしては、いつ来ても彼女がいたような気配はなかったはずだが。

「ああ、ロードデール王国にいたのよ。それこそ、次の役目の下準備のために」

「下準備？」

僕が首を傾げると、イースさんもキョトンとして目を瞬かせる。

「あれ、まだ言ってなかったっけ？　俺、ロードデールの王子。七代目の王様になる男」

「え？　…………えっ！　えぇぇえぇぇえ!?　うそっ!?」

「本当」

イースさんは、「あー」と苦笑しながら後頭部をガシガシ掻いて「ごめん」とか言っているが、軽くないかな!?

「商人イースってのはこの三年間のためにつくった仮の姿。本当の名前は、イスファン・ライオッド」

ライオッド――確か、ロードデール王国の王家がそんな姓だった気がする。

「じゃあ本当に、イースさんはロードデール王国の王子様で……それで、リエリア様はロードデール王国の王子妃……さ、ま……？」

「そうなるな」

「そうなるわね」

がっくりと、僕は足の間に項垂《うなだ》れた。

なんだか、色々とイースさんの態度が腑に落ちた。

商人とは思えない堂々とした物言いに、殿下や陛下相手にもひるがない強精神。

他国の商人なのに、首を突っ込んできた謎。

なぜかいつもシュビラウツ家にいたし。

「なんで商人のイースさ……まが、停戦初代のロードデール国王様のことをよく知っていたか、今理解しましたよ」

「さんで良いよ。俺のご先祖様だからね。幼い頃から父親に耳にたこができるほど聞かされたよ」

「じゃあ、リエリア様の下準備って……」

「陛下や妃殿下に付いて、色々とロードデール王国の政治やら法律を学んでいたのよ。騒動の詳細はイースが手紙で知らせてくれていたし、それに遺言状さえ出してしまえば、あとは勝手に犯人達が潰し合ってくれるし問題はなかったわ」

陛下が、リエリア様に向かって「智将の血を引いているな」とか言ってたけど、僕も激しく同意だね。

まさか、計画が終わった後のことまで考えて行動してただなんて。

「あ、もしかしてイースさんは、シュビラウツ家をロードデール王国に取り戻すために、リエリア様と結婚したとか」

「やめてくれよ。俺をお宅の家出王子と一緒にしないでくれ。俺のは純愛だよ。三年前、彼女を見たその瞬間から、俺の心はリエリアに囚《とら》われていたんだから。本当は、俺は遺言状の候補者になんかならず、外側から状況を調整する役目だったんだけど……偽りとはいえ、あの馬鹿二人がリエリアの婚約者候補って騒がれるのに腹立ってね。つい参戦しちゃったんだ」

「ロードデール王国でその話を聞いた時は、何をやってるのよって思ったわ」

もう、と呆れ顔したリエリア様に、ごめんごめんとふやけた顔で謝罪するイースさんを見ていると、彼の気持ちは本当なんだなって分かった。

「何はともあれ、ご結婚おめでとうございます」

結婚すら政治や争いの道具として使われた彼女が、どうかこの先は幸せであってくれと願う。

「悪いね、ハイネ。最後まで騙したみたいでさ」

「皆、嘘吐きでしたね」

その嘘の吐きあいも、これでやっと終わる。

「ハイネはこの後どうするの？　記事にあなたの名前が出たんじゃ、おちおち王都にはいられないでしょう？」

陛下は、貴族院と司法省に召喚されたと聞いた。

当然の結末だ。

僕は陛下が貧民街の少年を殺したことも、イースさんを殺しかけたことも、そしてリエリア様の両親を殺したことも、包み隠さず全て書いたのだから。

「そうですね。色々と見て回ろうと思います。ファルザス王国もロードデール王国も、他の国々も色々……」

知らないから耳に聞こえた噂を簡単に信じたり、書いてあることだけを鵜呑《うの》みにしたりしてしまう。

それを、今回の件で嫌というほど学んだ。

「僕は、真実を見極められる人間になりたいんです」

時にはゴシップも良いだろう。

ちょっとした遊び心だ。

だけど、その裏で傷つく者がいたら、それは全くもって娯楽なんかじゃない。

「実は僕、フィッツ・タイムズから、記者として働かないかって誘われてまして」

「あら、良いじゃない！　ぴったりよ」

「ありがとうございます。だから、しっかりと色んなものを見て回らないと。読んでくれる人達に正しい情報を伝えるために」

リエリア様とイースさんが顔を見合わせて笑っていた。本当、お似合いだな。

「きっと、しばらくファルザス王国は荒れると思うわ。だけど、あなたみたいな人がいるのなら大丈夫ね」

「ハイネ、ロードデール王国に来た際は王宮に寄ってくれよ。歓迎するからさ」

二人から握手を求められ、少し気恥ずかしかった。

イースさんと握手した際に「君を選んで良かった」と言われたけど、どういう意味だったんだろうか。

最後にずっと傍らに控えていたマルニードさんと目が合えば、彼は小さく頷いてくれた。

「いつでもお待ちしておりますよ、若き記者様」

「その時はまた、僕の知らないことを色々と教えてください」

◆

■11月20日（取材終了から15日）

喉元をすぎればなんとやら。

あんだけ国民全員が注目していた遺言状騒動は、今や人の口の端に上ることもない。

リエリア様がなぜ今回のことを起こしたのか、すっかり皆知ってしまっているからか。それとも本当の歴史を知ったからか。以前のように彼女やシュビラウツ家を批難する声はもう聞こえない。当然、裏切りの悪徳貴族だの悪役令嬢だのという言葉すらもだ。

まあ、隣国の王子妃を悪く言える勇気のある人はいないんだろうさ。

そして当のファルザス王国はというと、リエリア様が言ったように政治が上手く機能していないようだ。

僕たち平民はあまり影響がないというか、影響があったところで逞しく生きているというか。

一番のダメージがあったのが貴族だ。

王権が綻《ほころ》び、誰が政治を動かしていくか、王を処断するとしてもでは誰を次の王位につけるのかとかで揉めているらしい。

王宮担当の先輩記者が、広報に呼ばれるがそのたびに内容がコロコロ変わって堪ったもんじゃないと愚痴っていた。

■11月20日（取材終了から10年）

二年を掛けて各国を放浪して、フィッツ・タイムズに戻って記者をやって八年。

月日なんてあっという間だ。

若手若手って言われていた僕が、今や先輩だなんて呼ばれているんだから。

隣のロードデール王国では、先日、国王即位五年の式典が行われていた。

隣国の国王夫妻が国民に愛されているという声は、こちらの国にまで届いている。

シュビラウツ家がロードデール王国に戻ったと国民が知った時は、また戦争がはじまるのか、復讐《ふくしゅう》されるのではないかと皆戦々恐々としていたが、そんなことはなかった。

相変わらずロードデール王国は食料を輸出してくれるし、例の鉱物を使って軍隊強化をしているなんて話も聞かない。

未だにあの土地はシュビラウツ家――リエリア様のものらしく、きっと彼女がカウフ・シュビラウツの遺志を継いで守り抜いているのだろう。

対して、こっちの国もあれからもしばらく色々とあったが、今はやっと国内も落ち着いてきている。

譲位する者がいないせいで、王位はあれど実権はなくの状態が長らく続いていたが、二年前、行方不明だったナディウス殿下が王宮に姿を現したのだ。

僕は王宮担当記者じゃないから会ってはないけど、他の記者の話によると、以前とは比べものにならないほど暗くて物静かになっていたんだとか。

いつぞやの誰かの噂を彷彿《ほうふつ》とさせるなあ……。

そういえば、最近入ってきた新人は、なんとあれだけ世間を騒がせた遺言状騒動を知らないらしい。

というより、幼くて覚えてないんだとか。

そういえば、新人は十七歳だったか。若いねえ。

だから僕は、これから次々と入ってくるあの騒動を知らない新人達には、絶対この話をすることに決めたんだ。

「その昔、僕の人生観が百八十度変わってしまうものが、我が社の新聞に載ってね」

「へえ、どんなのですか？」

「『悪役令嬢の遺言状』っていうんだけどね――」


【悪役令嬢の遺言状・了】

外伝　悪役令嬢の覚醒

一章　リエリア・シュビラウツが悪役令嬢になるまで

1

物心がつき、人の言っている話の意味を理解できる頃になると、自分には変わった渾名が付けられていることが分かった。

どうやら、わたくしは『悪役令嬢』というらしい。

悪役というくらいだから、悪いのだろう。

何が悪いのかはさっぱり分からないが。

その昔、悪役令嬢という意味が分からず、両親にどういう意味か無邪気に聞いたことを思い出した。

あの時、両親は悲しそうな困ったような、そして怒ったような、どれにせよ負の感情を全て混ぜ合わせたような顔をしていた。二人の表情の意味を察することはできなかったが、幼いながらも決して良い意味ではないのだろうなということだけは理解した。

だが不思議なことに、わたくしは何ひとつ悪いことなどしていない。

知らず知らずのうちに、というのも考えにくい。

だって、わたくしは舞踏会にも王都にもほとんど出ずに、領地ばかりで過ごしていたのだから。

両親も社交界には出ず、領地の見回りと領民との触れ合いで一年を過ごす。

一度、親戚のハルバート様がやって来て「やっぱり普通とは違う奴らだな」と言われた。

どういうことか分からずに『普通』について聞けば、一般的な貴族家というものは、父親は領地経営のほか、伯爵家ともなれば王都にタウンハウスを置いて他の貴族との交流を持ち、政治にも参与するものだという。

母親は、他の貴族夫人を家に招いてお茶会を催したり、反対に他家の夫人から誘われお茶会に行くものというのだ。

遊び歩くのが仕事なのか聞けば、お茶会では様々な情報交換が行われ、また流行についてもいち早く情報が手に入るんだとか。

へえ、どうでも良い。

きっと母もそのようなことには興味ないと思う。ドレスは気に入ったものを着れば良いし、新聞や使用人、領民との話からでも情報は入ってくるのだから。

父も領地経営はしっかりとやっているようだし、王都に行く予定も気もないからタウンハウスは不要。ネズミと蜘蛛《くも》のすみかをお金をかけて用意してやる必要もない。政治などは父の好きにすれば良いと思うが、王都にも行かない時点でその気がないのだろう。

しかし、そう伝えるとハルバート様は「なんでお前達みたいのが伯爵で、うちが子爵なんだよ！」と怒りだしてしまった。

そんなこと先祖に聞いてほしい。生まれた時から父も伯爵家なのだから、文句を言われても困る。

ハルバート様はそのあとも色々と怒っていた様子だったが、そのどれもがわたくしには理解できなかった。結局、ハルバート様は自分が望む反応が得られないと分かり、ルーイン子爵様の元へと戻っていってしまった。

その日の夜、夕食の席でハルバート様に言われたことを両親に聞いてみた。

それが普通なのかと。

両親は普通なんかないと言い切った。そして、もしわたくしがそんな両親を望むのなら、そうしたって良いよとも言ってくれた。

「ううん、今のお父様とお母様がいいの」

両親はホッとしたように「そう」とだけ言っていた。


夜、ベッドでひとり寝ようとしていると、両親がやって来て両側からベッドの中に入ってきた。

「リエリア、何か嫌なことでもあったのかい？」

「ないわ。だって、わたしの周りは皆優しいでしょ？　この間はコックのアージュがね、マルニードには内緒だって言って、イチゴの飴をくれたのよ。イチゴをひとつ丸々飴で包んだやつ。すっごく美味《お》《い》しくて、また食べたいな」

母はクスクスと笑って「じゃあ今度のおやつにたくさん出してもらうよう、アージュに言っておくわ」と言ってくれた。

「リエリア、外にお友達が欲しいかい？」

「いらない。外って、家を出たら領民の皆が遊んでくれるもの。昨日はユックとライナスを見つけたから何してるのって聞いたの。そしたらね、二人とも川に魚を釣りに行くって言うから一緒に連れてってもらったのよ。ワンピースの裾が濡れちゃったけど、昨日はお天気も良かったし、岩の上に三人で寝転がってたら乾いちゃった」

「それは楽しい経験をしたね。それで魚は釣れたのかい？」

「ちっともよ。というか、魚すら見なかったわ」

「あっはははは！　そりゃあ残念だったな。よし、今度領地を見回った時は、父さんが魚がいる場所をしっかりと探しておいてあげるよ。ユックとライナスにも教えてあげなさい」

「やったあ！　二人も絶対喜ぶわ」

二人は、わたくしが両手をわざわざ布団から出して天井に突きだしたのを見て、また笑っていた。

「大好きよ、リエリア。この世の全ての人があなたの敵になったとしても、私たちだけはあなたを愛してるわ」

「僕も愛してるよ、我が天使。君が生まれてきてくれて心の底から感謝してるよ。こんな幸せな日々が送れるだなんて。幼い頃の僕は想像もしていなかったよ」

両側から頬にキスをされる。くすぐったくて、嬉しかった。

「でもね、きっとマルニードもアージュもユックもライナスも、このシュビラウツ家領の皆は、わたしたちの敵になったりしないと思うの」

「それもそうだ」と、父と母はまた笑った。

この領地内にいて、悪役令嬢なんて言葉は聞かない。

いつもその言葉は、外の世界から向けられてきたものだから。

だから、やはりハルバート様の言うことは、わたくしには分からなかったの。

父がタウンハウスに行って、母がお茶会に行って、そんな毎日とても寂しくないかしら。自分を愛してくれる人達に会えないのは寂しい。触れあえないのはひどく苦しい。

もしそれが貴族の役目だというのなら、貴族でなくなってもいいと思う。本当に自分を愛してくれる人が、自分が愛せる人が隣にいてくれることこそ幸せだと思う。

わたくしの世界は、このシュビラウツ領の内側だけでいい。それだけで充分だった。

皆がわたくしを「リエリア」と、「お嬢様」と呼ぶ。

温かな声音で、わたくしに笑顔を向けて。

いつまでもこの世界にいたい。

外側の嫌な人達にはもう放っておいてほしい。

なんと呼んでもいいから、このわたくしの幸せな世界にだけは踏み込まないで。

わたくしは大きくなって、父と母が小さくなっていくのを最後まで見届けて静かに過ごしたいのだから。その中で、もしわたくしを好きだと言ってくれる人がいたら、その人と結婚して子供をもうけて、その子を精一杯愛してあげたい。

わたくしがいるこの温かな繭《まゆ》の中の心地よさを、子供にも教えたい。

だから、誰も壊さないで。

何も望まないから、この内側の世界だけはそっとしておいて。

そう願いながら、わたくしは父と母に抱きしめられて眠った。

これが、わたくしが十歳の時のこと。

2

それから数年が経ち、わたくしは十六歳になった。

なぜ自分が『悪役』か理解していた。

家族が『裏切りの悪徳貴族』と呼ばれていることも、何もかも全て。

「しょうもない世界だこと」

真実を知りもしないで、憶測と嫉妬と羨望《せんぼう》で人を貶めるだなんて。

そして、真実を自ら知ろうとすらしない。

与えられた情報に好き勝手、自分たちの溜飲が下がるように面白おかしく脚色して、だんだんとどれが真実かも分からなくなっている。

先日、「もう理解できる年頃だから」と、父からシュビラウツ家の歴史を教えてもらった。聞いて最初に思ったことは、『この国の王家は無能だ』ということだった。

王家はシュビラウツ家を、貴族達さらに民衆の適当な捌《は》け口《ぐち》に使っていたのだ。

かつての歴代の王など知らない。しかし、今のシュビラウツ家の扱いを見ていると、おそらく今までの王も、今の王と大して変わらなかったのだろうと予想できた。

五代前の国王が行った停戦協定だが、それに対するファルザス王国民の反応がよろしくなかったのだろう。そして、自分に向きかけた矛先を逸らす先として、シュビラウツ家を選んだに違いない。

つい先日まで敵対国の宰相であり将軍でもあったシュビラウツ家は、実に良い的となったことだろう。

そうして、その風潮を二代目も三代目もずっと良しとしてきたのだ。

そして現在、六代目。

「最初から最後まで無能ばっかりだなんて、よくこの国がもってるもんだわ」

悪口や社交界からの締め出し程度、痛くも痒くもない。

ただ不快ではある。

そのくせして、ちゃっかり水面下ではシュビラウツ家の財欲しさから縁談を申し込む者もいたのだという。

全て父が追い払ってくれていたようで、まったく知らなかったが。本当、この国はくだらない。

わたくしの気持ちを分かったのだろう。

父と母は「リエリアは自由にしていいからね」とずっと言ってくれていた。

とはいっても、わたくしにとっては、ロードデール王国もファルザス王国も同じなんだけど。

ロードデール王国なんて、一度父の仕事で連れて行かれたくらいで、特に思い入れもない。

「わたくしは、この領地と領民さえあればいいわ」

――そう、思っていたのに。

◆

十七歳のある日。

父が亡くなった。

母が亡くなった。

父か母かも分からない姿で、重なり合うようにして、それらは焼け落ちた屋敷の下から発見された。

火事だ。

屋敷の全焼はまぬがれ、崩れ落ちた際に飛び散った屋敷の柱や窓などで怪我をした者はいたが、死者は両親以外にいなかった。

消火されてすぐ、瓦礫《がれき》の中をすみずみまで探し回ったわたくしが言うのだから間違いない。

もちろん、両親を見つけたのもわたくしだ。

不幸な事故だったのだ。

いつもなら二人ともとっくに寝室で寝ている時間なのに、なぜか二人揃って執務室にいた。

不幸な事故だったのだ。

なぜ、執務室から発火したのに、二人は大人しく執務室の中に居続けたのだろうか。

不幸な事故だったのだ。

母らしき遺骸は金庫を抱いていた。

微かに焼け残った母らしき遺骸の腹部は、なぜか黒くなった血に染まっていた。

不幸な事故だったのだ。

私の聞いたあの逃げるような足音……あれは、誰のものだったのだろうか。


不幸な…………事故…………？

本当に？？？？？


「そんなはずないわ……っ！」

父の遺骸と共に見つかった印章を使って、金庫を開けた。

中には、貿易に関する独占権やら交渉権やらの書類、土地の権利書、家系図、資産調査書諸々《もろもろ》の
シュビラウツ家の骨幹《こっかん》が全て詰まっていた。

その全てが、今やわたくしのものだ。

父も母もこの金庫の中身を守ろうとして、刺されて、焼かれて、殺されたに違いなかった。

では、誰がそんなことを？

翌日、火事の現場調査が入ったが、その時には母の服の燃え残りは、わたくしが回収していた。そして、わたくしは聞き取り調査で『足音』については告げなかった。

当然この件は、ただの失火による事故死として片付けられた。

ホッとした。

もし、ここで下手に事件性ありと判断されれば、証拠品と思われるものは全て押収されてしまっただろう。もしかすると金庫まで奪われてしまったかもしれない。

両親を殺したのが誰だか分からないが、わたくしの手元から離れた瞬間狙われるような気がした。

そして、中央と関わりのないわたくしには、もし金庫に誰が近付いても分かりようがない。その事態は避けたかった。

だから、全てを隠した。

全てを、自分で解き明かすと誓ったのだ。

棺の中に収まった父と母は、とてもとても少なかった。

胸の上で組ませてあげる手すらなく、安らかな眠りを祈り撫でる瞼も、お別れのキスをする頬すらもなかった。

真っ黒な大人用の棺に入っていたのは、茶黒い人間らしき塊だけ。

足りなくなった部分を埋めるように、二人の美しさを表すように、私は白い花を隙間なく敷き詰めた。

父は、母は、とても気高い人だった。

いわれなき悪意にも、決して反論しようとしなかった。

あの夜、執務室で何があったのかは知らない。

だが、きっと二人は間違いを犯したわけではない。最後まで守るものを守り、気高いまま死んだのだ。


領地にある小さな教会で、わたくしと使用人達とだけで両親に別れを告げ、たくさんの白い花に包まれた棺に釘を打った。

埋葬時に参列者など誰も来ないと思うが、それでもこの人達を誰の目にも触れさせたくなかった。

この気高い人達を汚されたくなかった。

使用人達が気を利かせ、最後に家族だけにさせてくれた。

小さな教会で、わたくしは二人の棺を抱きしめ馬鹿みたいに大きな声で泣いた。

耳を失った二人に、どうかわたくしの声が届きますようにと願いながら。

あなた達をずっとずっと心から愛していると、この気持ちが伝わるようにと祈りながら。

さぞ痛かっただろう。

さぞ苦しかっただろう。

「大丈夫よ、お父様、お母様。もうわたくしは守られるだけの子供じゃないもの」

成長したわたくしの姿を、両親が見ることは二度とない。

それならば、両親の無念を晴らすことで、どうかわたくしの成長を感じ取ってほしい。


わたくしの愛する人達を――

「誰が殺した」

何年、何十年かかっても、絶対に追い詰めてやる。

3

葬儀を終えてすぐ、わたくしは部屋に籠もった。

使用人達には、自ら出てくるまでは決してドアを開けないようにと命じて。

マルニードが心配していたが、まだ計画を明らかにする時ではない。

自分でも、どうやって犯人を見つければいいのか分からないのだ。きっとマルニードや使用人達に相談すれば、力になってくれる。

しかし、それでは駄目だ。

わたくしが、『今回のことは事故ではなく他殺で、犯人を見つけ出すつもり』と言えば、きっと彼らは手伝ってくれるだろう。

ありとあらゆる手段を使って、様々な情報を持ち帰り、犯人を見つけ、目の前に引きずり出してくれるだろう。

自分たちの身を顧《かえり》みずに……。

それほどに、シュビラウツ家は領民に愛されていた。

それほどに、シュビラウツ家は領民を愛していた。

そして、わたくしもそんな皆が大好きなのだ。

だからこそ、彼らに危ないことはさせられない。

わたくしは、わたくしひとりでこの件を全うしなければならない。

そう思いつつも、もう部屋に籠もって三日だ。

まったく良い案が思い浮かばない。食事は、ノックだけして部屋の外にメイドのフィスが置いてくれるから餓死することはないが、いい加減マルニードが「これ以上はなりません！」と言って入ってきそうだった。

「犯人はシュビラウツの何を欲しがってたのか見当も付かないのよね。元々、他家と繋がりなんてなかったし、心当たりがなさ過ぎるわ」

欲しがっていたものが分かれば、多少は的《まと》を絞り込めるのに、それすらままならない。

「うちに資産があることは、貴族達は知ってるはずだわ。もちろん平民すらも。そして、今回の件でその全てをわたくしが引き継いだことも、当然理解しているはず」

きっと、すぐに縁談申し込みの手紙で机の上があふれかえるだろう。迷惑なことだ。

今まで散々こちらを尻目に、嘲笑罵倒を向けてきたというのに、今更どの面下げて結婚をと申し込めるのか。

「もちろん応じてやる気はないけど、その中に犯人もおそらくいるはずよね」

人を殺してまで欲しがった犯人が、ここで諦めるとは思えない。きっと大勢の厚顔無恥な求婚者にまじって、手紙を寄越してくる。

万が一、わたくしと見合う年頃の息子がいない家だった場合でも、別人を立ててでも求婚者として潜り込んでくるに違いない。

滅多《めった》に領地から出ず、社交界にも顔を出さず、交友関係など一切築いてこなかったわたくしと繋がりをつけたければ、それしか方法はないのだ。

「問題は、どうやって選別するかよね」

求婚の手紙一枚では、その腹の中まではうかがい知ることはできない。

「腹黒い奴ほど、よりインクが黒くなるようにできていればいいのに……」

思わず、舌打ちが出てしまう。

こんな姿、両親が見たら『どうしたんだい⁉』と大騒ぎしていただろう。

想像したら、ちょっと面白かった。父も母もきっとあたふたしながら熱を測ったり、医者を呼んだり、マルニードに厚手の布団を今すぐ買ってこいと叫んでいただろう。

「こんなにもリアルに想像できるのに……もう……二人はいないだなんて……」

つい先日、両親を土の下に寝かせたばかりなのに、まだ夢だと思いたい自分が残っている。

「駄目ね。現実を見なきゃ……充分泣いたでしょ、リエリア。だったら前に進まなきゃ」

打ちひしがれている時間などない。

その間に犯人に先手を取られたら、堪ったもんじゃない。

ペンを持った手は、思考の混迷を表すように紙の上でメチャクチャに動き、無意味な軌道を描いていく。まるで絡まった糸のようだ。

「求婚の手紙が来るのは良い。その中から絞り込めるし……もし、貴族以外だった場合は、それ以外の方法できっとわたくしに接触してくるはずだし。どちらにせよ、今後わたくしに接触してきた人は容疑者だわ。犯人も、わたくしに求婚が集中するのは分かりきった状況でしょうから、我先にと何らかの行動をおこすはず。ただ……」

求婚者が複数現れた場合、通常であれば、相手選びには家の意向が大きく関係する。婚姻関係を結ぶことで、メリットがある家を選ぶのは当たり前のことだ。

しかし、そこに家格が絡んでくると、途端にややこしくなる。

自分の家の力で成り立っているシュビラウツ家は、相手の顔色を気にする必要はないが、求婚してきた家々が、相手を知るや求婚を取り下げる恐れがある。

取り下げなくとも、上位家格の者が権力にものを言わせ、下位家格を無理に排除するかもしれない。

そうなると、わたくしは犯人でもなんでもない、金にたかるただの蠅《はえ》と結婚しなければいけなくなる。

「お父様とお母様のためだけど、無駄骨だけは勘弁だわ。それに、シュビラウツ家の資産がいっときでも、他の家の物になるだなんて耐えられない」

結婚を餌としてちらつかせるのは良い案だと思う。

しかし、実際に結婚はできない。

してしまった瞬間、すぐに離婚しようがシュビラウツの財産は、少なからず奪われてるだろうし。

そして何より、この結婚を餌にという案には大きな欠点がある。

それが……。

「王家が出てきた日にはおしまいね」

まだ貴族同士なら抗《あらが》いようもあるだろうが、相手が王家となると、他の者たちは抗うことすら許されない。

「王家に全て接収されて、犯人は動けず、わたくしも犯人の手がかりが見つけられないまま……っていうのが一番最悪なパターンだわ。その場合は、せめて婚約程度で留めておかないと。不幸中の幸いで、わたくしはまだ十七だし、それを理由に数年くらいなら結婚自体は延ばせるはず。まあ、王家が出てこないに越したことはないけど」

ひとりぶつぶつと思考を口に出し、様々なパターンを考えていく。

あまりにも、犯人の手がかりが少なすぎるのだ。

「世間と関わってこなかったことが、こんなところで悔やまれるだなんて皮肉ね」

自ずと自嘲が漏れた。

「わたくしを巡って、身分関係なしの奪い合いが起きてくれたら一番楽なんだけど……何がなんでも犯人は欲しがってるだろうし――って、あら？」

ふと、自分の発した言葉が、脳の一部分にパチパチと稲妻を走らせた。

「わたくしの婚約者には必ず身分が必要になってくるし、権力によるところが大きいけど、資産を譲渡するっていう話なら、それらを排除できそうじゃない？」

犯人が欲しいのは、わたくしの『婚約者』というポジションではない。

「そうよ！　犯人は、わたくしの『資産』が欲しいだけで、わたくしはいらないのよ！　それに、資産の譲渡だけなら身分も家格も問われない。こちらが指定できるもの！」

突然、目の前を分厚く覆っていた霧が晴れた心地だった。

何も最初から『婚約者＝犯人』となるように仕向けなくて良いのだ。

資産を譲渡すると言えば、犯人は絶対他を排除してでも手に入れようとしてくる。すでに両親を排除しているという前例があるのだから、間違いない。

となると、『資産の譲渡』という状況をつくれば良い。

「……わたくしがいらないのなら、消えてやろうじゃない……」

あとは、蠅共で潰し合ってくれれば良い。

最後に残った者こそ、欲深な犯罪者の証明になるのだから。

こうして、例の遺言状が作成され、わたくしは三日ぶりに部屋を出たのだけど——。

「マルニード、この三日間でうちに来た手紙を全て見せて」

さて、我先に欲を見せたのは誰だろうか。

「かしこまりました、お嬢様」と、マルニードは腰を折った。

しかし、彼は手紙を取りに行こうとはせず、「ですが、それよりも先にお嬢様に会わせたい方がいます」と、わたくしを応接室へと誘ったのだ。

応接室にいた男は鷹揚《おうよう》としてソファに座り、わたくしを見るなり目を見開いて表情を硬直させていた。

しかし、それも一瞬。

男はすぐにソファから立ち上がると、実に惚れ惚れするようなボウアンドスクレープ——紳士の挨拶を見せてくれたのだ。

「実に七年ぶりのご挨拶です。ご無沙汰しておりました、リエリア嬢……いえ、新ご当主様」

随分と美しい蠅が一番乗りしたものだな、とわたくしは思った。

4

テーブルを挟んで互いに座る。

てっきり、顔だけが取り柄の馬鹿が、勢い込んで手紙もなしに直接求婚しに来たのかと思った。

もしや、この馬鹿が犯人かと身構えたが、マルニードの様子を見るに、すぐに違うのだろうと察する。

しかし、警戒を解くことはできない。

今近付いてくる者は、全て疑ってかかるべきだ。

「失礼ですが、以前どこかで会ったことが？　七年前と言いますと、わたくしはまだ十歳ですが」

男は見るからに年上だと分かった。

まとう雰囲気は実に重みがあり、仕草のひとつひとつにも気品がある。これが自分と同じ年頃の男とは思えない。社交界に出たばかりの者が、このように沈着を古き友人のようにまとえるはずがない。

二十そこそこに見えるが、もう少し上か。

「失礼、ご挨拶が遅れました。私は隣国ロードデール王国が第一王子、イスファン・ライオッドと申します。この度の先代当主様方のこと、誠に残念なことでした。お悔やみ申し上げます」

「ロード……デール……の王子……」

完全に予想の向こう側から突然やって来た人物に、今度はわたくしのほうが目を見開いてしまった。

まさかファルザス王国の者よりも先に、ロードデール《よその国》王国の者が慰問に訪ねてくるとは。しかも王子。

——何か裏があるのかしら。

時期的につい警戒してしまう。

内心が顔に出ていたのか、彼はわたくしの警戒を解くように、丁寧に身の上を話してくれた。

彼は、元より父との交友があったのだとか。

確かに元ロードデール王国にいたシュビラウツ家が、彼《か》の国の者と関わりがあるのは理解できるが、離れて長い。今更感がある。

もしや、父は六代目になるわたくしのために、ロードデール王国側となんらかの話をつけていたのかと思ったが、どうやら違うらしい。

彼は現在王子として国王の政務を補佐するかたわら、『民の実態は民の中でしか分からない』という ロードデール王家ならではの精神の下、貿易にも関わっているのだとか。父とはその縁でという話だった。

話を聞いて、わたくしの中の古い記憶が蘇った。

「貿易……って、幼い頃に一度だけ、父の仕事に着いてロードデール王国に行ったことがありましたが、もしかしてその時に?」

「ええ。あの時はまだご当主様は幼かったですからね、覚えられていないのも当然ですよ」

ほっと、少し心が緩んだのが自分でも分かった。

彼は、我が家に敵意も下心も抱いていない。

たったそれだけのことが、今はものすごく安堵できた。

「たかだか他国のいち貴族ですのに。殿下自ら隣国より訪ねてくださり、嬉しく存じます。両親の娘として、そしてシュビラウツ家の当主としてお礼申し上げますわ」

「あなたのお父様にはとてもお世話になりましたから。当然のことをしたまでですよ」

久しぶりに家中《かちゅう》の者以外とこんなに穏やかに会話した。

外部からは常に悪意を向けられて生きてきたわたくしにとって、それは新鮮なことで、同時にとても喜ばしいことだった。

「殿下、本日はどちらにお泊まりになるのでしょうか。よろしければ、今夜は我が家へ招待させていただけませんか」

「素敵なお誘いですが、実は数日前から王都のほうで宿をとっていまして。食事付きだから、連絡もなしに帰らないのは迷惑をかけてしまう。今日のところは、あなたの無事が充分確認できたので帰ります。部屋にずっと籠もって、やつれる一方だったらどうしようかと思っていたところだったんですよ」

「え、ずっと籠もってって……どうしてそれを？」

今日来たのではなかったのか？

控えていたマルニードに目を向ければ、彼は口を開く。

「実は、葬儀の日より毎日訪ねてくださっておりまして」

「まあ！　じゃあ、三日も!?　どうしてわたくしに知らせなかったの、マルニード」

隣国の王子が慰問に来てくれているというのに、当主である自分が何日も無視してしまったということではないか。

マルニードの対応に、さらに声を上げようとした時、彼が「ああ、それは」と手をあげてわたくしの言葉を止めた。

「あなたが部屋に籠もっていると聞いて、私が彼にお願いしたんですよ。悲しみに暮れた女性を無理矢理引きずり出して、挨拶させるような趣味はありませんから。なので、彼を責めないでください。王子である私に頼まれたら断れないでしょうから」

「そ……そうだったんですね。ごめんなさい、マルニード。理由も聞かずに怒ってしまったわ」

「いえ、わたくしもお嬢様に一報くらいは入れるべきでした。申し訳ありませんでした」

早とちりしてマルニードに怒鳴ってしまったのはわたくしなのに。

本当、シュビラウツは領民には恵まれている。

殿下は、わたくしとマルニードの間が落ち着いたのを見て、「では」と立ち上がり応接室を出て行こうとした。

「お待ちください、殿下！」

慌ててわたくしも立ち上がり、彼を引き留める。

彼が三日も訪ねてきてくれていたとは。知ってしまった上で、さらに今日も王子を帰らせれば、それは当主の不覚というもの。

「マルニード、急いで殿下が泊まっている宿へ使いを出して。殿下が利用する予定だった分の宿代を精算してきてちょうだい。いきなりだし、ちょっと色をつけてあげて。そして、引き払った殿下の荷は西の客室に全てお願いね」

「かしこまりました、すぐに」

言うやいなや、マルニードは機敏な動きで言いつけを果たしに応接室を出て行った。

「え、あの、ご当主様……？」

「ご安心を、殿下。信用できる者を向かわせますので、殿下はわたくしと一緒に夕食でも食べながらお待ちくださいませ」

戸惑いの声を漏らす殿下にご安心をと笑みを向ければ、彼は口を丸く開けたのち、堪《こら》えきれなかったかのように笑いを漏らした。

「あっははは！　随分と強引なご当主様だ。しかも指示が的確で漏れがない」

「……ご迷惑でしたでしょうか」

「いやいや、迷惑だなんてとんでもない」

強引という言葉で不安にかられたが、彼は手を横に振ってくれた。事実、まだ笑っている彼の笑声からは、後ろ向きな要素は感じられない。

彼は最後にクックックと喉を鳴らしてようやく笑みを収めると、こちらへと近付いてくる。

近くに来ると、彼の背が意外と高いことが分かった。

「私の方こそ、あなたと親しくなりたいと思っていたところですから。思わぬ幸運ですよ」

彼はわたくしの右手をとると、口づけを落とした。

指先とはいえ、家族以外に初めてもらうキスに、思わず顔が熱くなってしまう。

「――っそ、それは光栄ですわ、殿下」

失礼と分かってはいるが、顔を隠したくて彼から背けてしまった。

しかし、聞こえる彼の声音は優しい。

「どうか殿下などという他人行儀な呼び方ではなく、イスファンとお呼びください」

「し、しかし……隣国の王族の方をそのようには……」

「では、その王族の方が言っているのですよ。あなたが呼んでくださらないと、私もあなたをリエリアと呼ぶことができない」

「――っ！」

どういう意味だろうか。

親しくなりたいということか。

それは、当主を引き継いだ自分は、次の貿易相手となるからだろうか。

それとも、純粋にわたくし自身とということだろうか。

「……っ」

彼の顔が見られなかった。

――どうしちゃったのかしら、わたくしったら。

「……か、かしこまりました。イスファン様」

「本当は、様も丁寧な喋りもいらないのですが……急ぎすぎて良いことはありませんからね」

「急ぎすぎ？　何がでしょうか」

「いえ、こちらの話ですよ。リエリア」

もう一度、彼は指先に口づけを落とし、そして手を解放してくれた。

右手の指先だけがとても熱い。

離された右手をどうしたら良いのか分からず、自分の手だというのに、しばらくは置き所を探して中途半端に胸の辺りを彷徨《さまよ》っていた。

ひとつひとつの行動が彼に見られている気がして、なんだかとても恥ずかしい。

――きっと、わたくしに男性免疫がないからだわ。

接してきた異性といえば、父親と使用人達と領地の者達――つまり、家族という認識の者達ばかりだった。ハッキリと『異性』と認識できる者からの行為は、どうしても意表を突かれてしまう。

――こんなんでどうするのよ、わたくし！　これは貴族では当然の挨拶なんだから。この先、誰かの婚約者になったりするんだし、少しは慣れておかないと。

ぐっと息をのみ、なんでもないことのように気持ちを切り替え、クルリと背を向ける。

「で、では、イスファン様。お部屋にご案内いたします。夕食の準備が整うまで、お部屋でお休みくださいませ」

先だって歩きはじめると、後ろから彼が付いてくる気配があった。

「ありがとうございます」と背後から聞こえた彼の声に、微笑がまじっていた気がして、また顔が熱くなった。

ひと雫の涙を流した少女を、狂おしいほどに抱きしめたいと思った。

二章　イスファン・ライオッドの驚愕

こんな感情を誰かに抱いたのは、はじめてのことだった――。

シュビラウツ夫妻の葬儀が終わり、俺は彼女に会いにいった。

元は、葬儀に参列したらすぐに国に戻るつもりだった。しかし、彼女――リエリア・シュビラウツを目の当たりにして、ひと言でいいから彼女と言葉を交わしたいと思った。

彼女は葬儀が終わるとすぐに立ち去ってしまい、俺は後を追うようにしてシュビラウツ家を訪ねた。

しかし、出迎えてくれた家令のマルニードは、彼女とは会えないと首を横に振る。

マルニードとは面識があった。貿易関係の仕事で幾度かまみえたこともあるし、非常に有能な彼は貿易業務にも関わっており、一定の信頼関係は築けていた。

だから、マルニードは強引に俺を帰すことはせず、彼女と会えない理由まで教えてくれたのだろう。

どうやら、彼女は葬儀から帰るなり、部屋に籠もってしまったということだった。

その際、彼女が自ら出て来るまで、部屋には誰も入れないようにと言いつけられているという話だ。

『ショックが大きいんだろうな。葬儀では気丈に見えたが、やはりまだ十七の少女だ』

『とても仲の良いご家族でしたから。旦那様と奥様をいっぺんに亡くされましたし……』

それ以上はなんと言っていいのか、言葉が見つからなかった。

マルニードとの間に沈黙が落ちる。

『今日のところは帰るよ。また明日来る』

そう言って、いったん宿に戻った。

戻った俺が最初にやったことは、明日までだった宿の予約を十日に延ばしたことだ。それほどに、俺は彼女のことを知りたいと思ったのだ。

『明日、彼女に会えたら何から話そうか……いや、きっと悲しみで憔悴《しょうすい》しているだろうから、自分のことを話すよりも彼女の想いを聞いたほうがいいな。少しでも彼女の中の悲しみが和らぐと良いんだが』

彼女には今、寄り添う者が必要だろう。

幸い自分には、彼女がシュビラウツ家ごと寄りかかってくれても守れるだけの力がある。

『彼女にはまだ婚約者がいなかったよな。伯爵からはそんな話聞いたことはなかったし。葬儀にもそれらしき影はなかったな……って、だからどうしたって話だよな』

ただ、胸の内が微かに安堵を覚えているのは確かだった。

◆

翌日、再びシュビラウツ家を訪ねた。

しかし、彼女はまだ部屋に籠もったきりだった。その翌日も訪ねたが同じで、俺は不安を抱えながら宿に帰るしかなかった。

そして三日目。その日も訪ねたら、まだ籠もっていると伝えられた。

『さすがに心配だ。悪いが、今日は屋敷で待たせてもらうぞ』

『恐れ入ります』

そうして、応接室でマルニードと懐かしい話に花を咲かせていた時だった。

『失礼』と言って、突然マルニードが席を外した。

彼はシュビラウツ家の家令なのだし、自分だけに時間を割くわけにはいかないのだろうと、俺も手を上げてどうぞと見送る。

ひとりになってしまったし、どうやって時間を潰そうか、本でも借りようかと考えていたら、先ほど出て行ったばかりのマルニードが戻ってきた。それだけでも驚きだったのだが、彼が連れてきた者を見て、さらに俺は驚くこととなった。

会えるまで待つつもりだった。

出てきてほしいと願っていた。

しかし、いざ目の当たりにすると、言葉が出てこないのだ。

実に三日も部屋に籠もりきりだったというのに、彼女の顔に悲壮さはなかった。

てっきり悲しみに暮れ憔悴しているのかと思っていたが、まったくの予想を裏切る登場だった。

背に流れる黒い髪は上質なベルベットのように輝き、ヴァイオレット色の瞳が実に蠱惑《こわく》的だった。

先日は横顔しか見ることができなかったが、こうして正面から向かい合ってみると……彼女の双眸《そうぼう》が自分をまっすぐに捉《とら》えているのを自覚した途端、頭の中が真っ白になった。

彼女の表情からするに、俺に向けられた感情は良いものではなかったはずなのに、それでも彼女の瞳に、ようやく映ることができたのが嬉しくて……。

しかし、すぐに立場を思い出し挨拶をする。

相手は女神でもなければ女王陛下でもないというのに、挨拶するだけでこれほどに緊張したことはなかった。

彼女が向けてくる目には警戒が宿っていた。

それがまた胸を高鳴らせた。

彼女は若くして両親を亡くした憐れな少女などではなく、すでに新当主としての務めを果たしている。気丈なものだ。

自己紹介をかねて過去に会っている旨も伝えると、明らかに彼女のまとう空気が緩み、下から本来の彼女が顔を出した。

安堵が自分に向けられている——彼女に一歩近づけたようで、その事実にどうしようもなく感情が昂ぶった。

毎日訪ねてきていたことに驚く表情も、マルニードを叱責する声音も、彼には非がないと分かった途端素直に謝罪する姿も、そのどれもが俺の心に充足感をもたらしてくれる。

——ああ……良いな……。

さも、当然のことのように、そう思った。

想像以上に、彼女に抱いた好意が心地好《よ》い。

部屋から出てきたばかりだし、長居するわけにはいかないと、俺は暇《いとま》を告げた。

しかし、すぐに彼女に引き留められる。

夕食をと誘われたが宿のことがあり、心の底から残念だったが泣く泣く断ると、なんと彼女はマルニードへ実に的確な指示を出し、あっという間に俺の宿をシュビラウツ家へと変えてしまった。

ほんの僅か時を共にしただけで、彼女の印象はコロコロと変わった。

最初に葬儀の時、彼女に抱いた印象は静淑な凜然《りんぜん》さだった。

次に彼女が部屋に籠もっていると聞いて抱いたのは、支えてやらなければと思わせる儚《はかな》さだった。

そして、彼女と相対して、新当主としての矜持の高さと気丈さを知り――。

『――っそ、それは光栄ですわ、殿下』

と、指先への口づけごときで真っ赤にした顔を背ける彼女に、くすぐられるような愛《いと》しさを覚えた。

もっと彼女の表情を崩したくて、俺に戸惑わされている姿が見たくて、意地悪がしたくなる。

殿下などという他人行儀な呼び方ではなく、名前で呼んでほしいと伝えれば、彼女は目を丸くして息をのんでいた。

その、駆け引きも何もない率直な反応がまた可愛くて……。

――はじめて会ったような男が、君のことを抱き潰したいほどに愛しいと思っているなんて、微塵も気付いてないいんだろうな。

七つも下の子に何をやっているんだと、冷静になる自分もどこかにはいた。

しかし、彼女が控えめに『イスファン様』と呼ぶ声を聞けば、そんな大人ぶった冷静さなど一瞬にしてどこか遠くへ飛んでいってしまった。

きっと、この先シュビラウツ家の当主となった彼女の下には、多くの蠅がこぞって寄ってくるのだろう。

――悪いが、彼女を誰かに渡すつもりはないな。

隣で彼女の腰を抱くのは、自分以外あってはならない。

彼女を支えるのは自分だ。

そう思っていたのに……。

◆

「――え？　別に、悲しみに暮れて部屋に籠もっていたわけではありませんよ」

「は？」

楽しい夕食の時間を過ごし、他愛のない雑談に花を咲かせ、互いに距離を感じなくなった頃。

彼女に頼ってほしくて、酒が入っていたこともあり、俺は彼女に「三日も籠もるほどの悲しみはすぐには癒えないでしょう。どうか私に支えさせてください。あなたになら私はこの身を捧げても良い」と、好意がダダ漏れの本音を伝えたのだが……。

その時返ってきた返事が、先ほどの、実にあっけらかんとしたものだ。

「確かに悲しかったですが、泣いてばかりでは先に進みませんもの。わたくしにはやるべきことがありますから」

「あ、ああ……新当主として、やらねばならないことは多いですからね。しかし、貿易のことでしたら、私もお手伝いできると思うのですが」

もう次を見据えて行動していたとは、恐れ入った。

「まあ、ありがとうございます。ではそちらのことは、ご助力をお願いすることもあるかもしれませんね。その時はよろしくお願いしますわ」

しかし、彼女は実に持って回った言い方をする。

「そちらのこと？　他にも何か……新たな事業でも始められるとか……？」

「いいえ、そんな大それたことではなくて……」

遠慮に苦笑を浮かべながら彼女が発した次の言葉に、俺は言葉を失った。

おそらく、こういうのを絶句というのだろう。

「ちょっと復讐をしようと思っているんです」

充分に彼女の様々な表情を見たと思っていたが、まだまだ俺は甘かったようだ。

リエリア・シュビラウツ——予想の枠に収まってくれない彼女は、つくづく刺激的なレディだった。

三章　花開いた悪役令嬢の蜘蛛の糸

あれから幾度となく彼と寝食を共にし、様々なことを語り確信を得た。

イスファンは信用に値する男だ。

燃えた執務室周辺の建て直しも終わり、木材の新旧の違いはあれども以前と同じ見栄えの屋敷が戻ってきた。

ただ、一点。わたくしは建て直すにあたって、執務室だけは構造を変えた。

まず、ひとつ。

廊下から入った部屋は、執務室という名のただの真っ白で四角いだけの箱にした。

施工者が、本当にこんなもので良いのかと何度も確認してきたが、この不気味なほど何もない部屋で良いのだ。そのド真ん中に焼け残った黒光りの金庫を置けば、入ることすら躊躇わせる異質な空間となる。

そして、もうひとつ。

白い部屋からのみ行ける本来の執務室。

こちらには、書斎机や本棚など執務室としてあるべきものを全て整えた。この隠し部屋こそが、今後の密談の場となっていく。


その秘密の部屋で、さっそく密談が行われていた。

イスファンの座るソファの肘掛けに、背を向けて腰を下ろす。

「それで、リエリア。君は、ご両親は事故死じゃないと確信しているんだな？」

「当然よ。明らかに不自然な点が多すぎるもの」

いつの間にか名前の呼び方も変わり、互いに素で話すようになっていた。

彼はわたくしのことを『あなた』ではなく『君』と呼ぶようになったし、自分のことを『私』ではなく『俺』と言うようになった。

些細《ささい》な変化だが、彼との距離を縮んだ気がして妙に嬉しかった。

「お父様とお母様は、誰かに殺されたの」

わたくしはマルニードにも話していなかった、両親は事故死ではなく他殺であることを、この時はじめて他人に打ち明けた。

両親の遺体にあった傷や、金庫を抱いて亡くなっていたこと。普段であれば寝室に入っていた時間なのに、なぜか二人揃って執務室にいたこと――わたくしが知る全ての情報を話した。

「じゃあ復讐ってのは、ご両親を殺した犯人を見つけて……同じ目にでも遭わせようってことか？」

イスファンの表情が曇った。

彼が一瞬口ごもった意味は充分に理解できる。わたくしが犯人を殺すつもりなのかと懸念しているのだろう。

「……分からない。そこまではまだ考えてないの。犯人を目の前にして、自分にどんな感情がわくかも分からないし……何より犯人の見当すらもつかないこんな状況じゃ、その先だなんて考えられないってのもあるわ。でも……何年、何十年かかろうと絶対に探し出して、罪を償わせてるつもりよ」

本心だった。

今はまだ、この怒りと憎しみをぶつける所在が分からず、ぶつけ方も想像できないのだ。

とりあえず、犯人を見つけ出す。

今、わたくしを突き動かしている欲求は、ただその一点のみだった。

彼は、少し安堵したように眉を開く。

「であれば、そうだな……まずは犯人を捜し出して……だが、せめて目星を付けてからだな。そいつをどうするかを決めるのは。何か考えは?」

わたくしは部屋に籠もっていた時に書き上げた『遺言状』を彼に見せた。

受け取った彼は、『遺言状』という文字に一瞬目を瞠《みは》っていたが、中身を読んで「なるほど」とポソリと呟いた。

「犯人はシュビラウツ家の財を欲しがっているわ。その財が一部なのか全部なのかは分からないけど」

「だから、資産を譲渡するような状況になれば、間違いなく現れるってわけか」

「ええ。事実、すでに求婚の手紙がうんざりするくらい届いているもの。あれだけシュビラウツ家を毛嫌いしていたのに、財が手に入るってなると皆、あっという間に掌を返すのね」

つくづく、この国の貴族は性根が腐っていると思う。

「しかし、遺言を使うだなんてよく思いついたもんだ。まだまだ死とはほど遠い十七の少女が」

「わたくしの婚約者の座をかけて……ってだけじゃ、まだ雑音が多すぎるもの。諾否が権力に左右されすぎるわ。資産を手に入れられる可能性を全ての者に平等に与えるには、遺言状《この方法》しかないのよ」

彼はたたみ直した遺言状を、弄ぶようにひらひらと宙で振っていた。

「それに、当主になったんだもの。犯人がシュビラウツ家の財目当てに、いつわたくしを殺しに来るかも分からないわ。どちらにせよ用意しておいて損はないものよ」

「……そんなこと、俺がさせるわけないだろう」

肘掛けについていた手に、イスファンの手が重ねられた。

そのまま力強く握り込まれる。

驚いて振り向けば、彼の真剣な眼差しと視線が絡んだ。

「――っ」

「絶対、君に危害は加えさせない。何に代えても俺が守る」

「そ、れは、光栄だわ……」

一度絡んだ視線はなかなかほどけず、固唾をのんだ時にゴクリと音が鳴ってしまった。緊張しているのがばればれで、たまらなく恥ずかしい。

「あの……イ、イスファン……手を……」

手が燃えるように熱いのは、握られた彼の体温のせいなのか、それともわたくしのせいなのか。

二人しかいない部屋に流れる沈黙すら、熱を帯びはじめたような心地だ。

熱気に息が上がりそうだった。

「――ッイスファン……！　ねえってば！」

顔を逸らすことができず、瞼を閉じて、これ以上体温が上がるのを防ごうとした。

そして、いよいよもう手を振り払うしかない、と思った時、するりと重ねられていた彼の手が離れた。

ホッとしたと同時に、少し拗《す》ねたくなった。

――言えば離すのね……。

実に理不尽なことを思っているという自覚はあった。

しかし、熟《う》れてしまった肌が、失った熱を名残惜しむようにヒヤリと寒く感じれば、まだ温かさに触れていたかったと思うのも道理ではないだろうか。

内心が漏れ出たかのように、つい唇を尖らせてしまう。

それを見て彼はなぜか笑っていた。

「まったく、可愛い小鳥さんだ。焦るつもりはなかったけど、俺は煽られてるのかな？」

「煽る……ってどういう意味？」

特に追いかけ回したりはしていないが。

首を傾げると、彼は小さく噴き出しただけで、その意味までは教えてくれなかった。

彼がクスクスと笑ったことで、先ほどまでのジリジリとした空気が、すっかり緩和された。

改めて、イスファンは手にしていた遺言状を振った。

「それで、これはいつ頃実行するつもりだ？　すぐに公表したところで、犯人の決め手がない」

「これは最後の手段よ。だって、これを使う時、わたくしは死ななくちゃいけないもの。死ねば身動きできなくなるし、その前に色々とやっておきたいわ。だからまずは、当日の目撃者がいないか探してみようと思うの」

「だったら、それは俺に手伝わせてほしい。君が聞いて回るより、商人もやっている俺のほうが誰に聞いて回っても不自然じゃない」

「ありがとう、イスファン」

ここまで話したのだ。彼の協力を断るという選択肢はない。

それに、彼の言うことはもっともだ。

わたくしが動き回れば、犯人に何か勘づかれる恐れがある。しかし、隣国の商人という顔を持つイスファンなら、こちらの国でいくら動こうと誰も気に留めないだろう。

——隣国の王子の顔なんて、この国の人間が知るはずないし。

自分も知らなかったのだ。

基本的に王族というのは、式典など行事がなければ民の前に姿を現さない。

わたくしも、自国の王子様の顔なんか知らない。

幼い頃、一度王宮のパーティーに行ったこともあったが、何も覚えていない。というより、覚える気がなかった。『人がたくさんいるなあ』という感想しか持たなかったような気がする。つまり、どうでもよかったのだ。

「それと、この計画を実行するのなら、家人には話しておいたほうが良い。君ひとりでやり遂げるには、少々無理な計画だ」

「——っでも、皆をこんな復讐に巻き込むだなんて」

最悪の結果にはならないようにはする。

それでも万が一犯人の矛がこちらに向いた時、その先がわたくしに刺さるのならいいが、マルニード達使用人や領民に向けられるのは、到底耐えられない。

いつの間にか、肘掛けに置いていた手が拳を握っていた。

フッと、イスファンが微笑む気配がした。

「復讐だなんて大胆なことを言うくせに、君は優しすぎるな」

背に流していた髪を梳《す》かれた。

「むしろ皆、君に協力できると知ったら喜ぶと思うけどな。ここずっと、シュビラウツ家を見てきたが、主従の絆が強いと感じたよ。並の貴族家じゃこうはいかない。お互いがお互いを大切に思ってるのが伝わってきた」

「シュビラウツ家領の皆は、ずっと一緒に育ってきた家族みたいなものだもの」

「普通の貴族は、使用人を、ましてや領民を家族だなんて言わないよ。この家がどれだけの愛と優しさに満ちていたか分かるよ。さすがはシュビラウツ家、あのカウフ様の末裔《まつえい》なだけはあるな」

「カウフ様って……うちのご先祖様を知っているの？」

「はは！　当然さ。シュビラウツ家はロードデールでは国を救った英雄で有名だからな。俺も、幼い頃から何度父にその偉業を聞かされてきたか……耳タコだよ」

「あら、それは悪いことをしちゃったわね」

茶目っ気たっぷりに肩をすくめた彼に、同じく冗談めかしてタコになったという耳を軽く撫でてやれば、撫でていた手を掴まれた。

「リエリア、家族に隠し事は無粋だと思わないか。それに、何も知らないほうが危険だ」

いきなり逸れていた話題が本題へと戻る。

しかし、手は離されない。

「……そうね。分かった、マルニード達にも全て伝えるわ」

「ああ、信頼できる人間は多いほうがいい。特に、遺言なんてものを使うのなら余計にだ。何も知らないまま君が消えたら、残された者たちの悲しみはいつまでも晴れない」

「彼らのことまで心配してくれるだなんて……優しいのね、イスファン」

「君のためだからだよ、リエリア」

どうして、彼はこうも恥ずかしくなるようなことを、さらりと言ってのけるのだろう。

「俺が傍にいない時、彼らには君を守ってもらわなければ困る。蠅の一匹にも触れさせぬよう……」

握られていた手は、いつしか指が絡んでいた。

彼から向けられている気持ちが親切心だけでないのは、うっすらと気付いている。

『愛』と名がつくものだろう。

しかし、それが『友愛』なのか『情愛』なのか『親愛』なのか……それとも純粋な『愛』なのかの区別はつかない。

「イスファ――」

「君にひとつ忠告をしておいてやろう」

「忠告？」

絡んでいた彼の指は、何度もわたくしの指の間をなまめかしく動く。

「男には迂闊に触れるもんじゃないよ、リエリア」

指を強くからめとられ、そのまま手を引かれた。

「きゃっ！」

体勢を崩してしまい、悲鳴を漏らしながら、彼の胸にしがみつくように倒れ込む。

「結婚の意思がなくとも誰かの婚約者になるつもりなら、知っておいたほうがいい」

耳元で囁かれる低い声音に、身体の真ん中がぞわりとする。

「男は、君のような美しい花が目の前に咲いていたら――」

顔を上げれば、彼のいつも柔らかで温かな瞳が、今は冷たさを孕《はら》んでこちらを見下ろしていた。

「――散らせたくなってしまうんだよ」

「……っっっ！」

鋭利な瞳が近付いてきて、思わずギュッと目を閉じる。

もしかして……と、意識が微かに震える唇へと集中する。

しかし、熱さを感じたのは唇ではなく……

「え……」

額だった。

彼の唇が離れると一緒に目を開ければ、困ったように笑うイスファンと目が合った。

「まあ、俺以外に触れさせる気はないがな」

彼にならば散らされても良いと思ってしまったこの感情は、何という名の『愛』なのだろうか。

◆

こうして、三年後にファルザス王国全てを騒がせる遺言状計画は、はじまったのだった。

ぞろぞろとシュビラウツ家の財を狙って蝿が群がってくる。

婚約者という、財に一番近い椅子をねらって。

しかし、蝿の王がやってきたことで、その椅子は『ナディウス・ウィルフレッド』のものとなる。

誰もが、このまま黄金の山は王家が持っていくのだろうと諦めた。

しかし、シュビラウツ家の財——偉大なるカウフ・シュビラウツの血を色濃くひいた少女は、そう簡単には手に入らない。
三年という時間をかけて、綿密巧みに張り巡らされた蜘蛛の糸。
引っ掛かり食われるのは、どの蠅だろうか。

【悪役令嬢の覚醒・了】

あとがき

はじめての方もお久しぶりの方も、この度は本書をお手にとっていただき、誠にありがとうございます。巻村螢《まきむらけい》です。（ホタルと思われている方も多くて、覚えてくださるのならどっちでも歓迎）
毎度、あとがきは何を書こうかなと悩むもので、今この時もパソコンとにらめっこして、早三十分経っております。どうしよう……。頑張る。
では、まずはこの本物語ができた経緯ですが、ミステリーを令嬢もので書きたいな〜なんて思ってできた代物です。ほぼほぼ最初と最後しか主人公であるリエリアは出てきません。主人公不在で物語が進むなんて正直賭けでした。『ヤッバ、令嬢ものなのに令嬢でてこない』と、書きながらむさ苦しいストーリーに頭を抱えたことも……多分あった……。主人公不在型自滅装置設置済み物語とでも呼びましょうか。まんまと数人引っ掛かりましたね。（㊤㊦ホイホイみたいですね）
あーそういえば、これを書いている時、十年ぶりくらいにインフルに罹ったんでした。
久しぶりに罹りましたけど、熱の恐ろしさを再実感しましたね。『あなたの風邪はどこから？』『熱ぅぅぅぅぅぅぅ！』みたいな。ひたすら熱だけで根こそぎ体力持ってかれました。熱怖い。
この物語はweb小説として連載していたものだったのですが、一週間か二週間近く休載してしまいましたね。今年はまだ罹ってないんですが、もうこりごりです。皆さん、予防接種しときましょう。

私はしてませんが（馬鹿）。だって病院行くの面倒じゃないです？　私は家から出るのが面倒です。

脱線した。物語の話に戻りましょう。

ここ最近はずっと中華ものを書いてきたんですが、というか令嬢ものは今回のでまだ二作目なんですよね。一作目は、テンションがはるかにおかしい『何食ったらこんなの書けるんだよ』と言われた精神大量破壊兵器みたいなもので、次こそ『よっし、令嬢もの書くぞ～』と意気込んで書いたのに、できあがったのは令嬢ほぼ出てこない主人公不在型自滅装置設置ものとか。一番、記者のハイネがヒロインしてましたね。

とまあ、令嬢ものと聞いて皆様が思い浮かべるのとは少々違いますが、ミステリは良いですよ（ゴリ押し）。

さて、行数もなくなってきたので、そろそろ大切な方々へのお礼へと移りたいと思います。

とっても素敵なイラストで飾ってくださったSNC先生、一緒に作り上げてくださった編集のお二方、携わってくださった皆々様、そしてお手にとってくださった読者の皆様。誠にありがとうございます！　そして、こちらの物語……コミカライズが決定しております！　漫画を描いてくださるのはこんぽたーじゅ先生です。本当、かっこよくて面白い漫画やイラストを描かれる先生で、今から楽しみなんですよ。

進行については、X（Twitter）で都度お知らせしていきたいと思いますので、是非覗いてみてください。それでは、また皆様とどこかの物語で会えますように。

悪役令嬢の遺言状

発　行
2025 年 1 月 15 日　初版発行

著　者
巻村螢

発行人
山崎　篤

発行・発売
株式会社一二三書房
〒101-0003　東京都千代田区一ツ橋 2-4-3 光文恒産ビル
03-3265-1881

印　刷
中央精版印刷株式会社

作品の感想、ファンレターをお待ちしております。

〒101-0003　東京都千代田区一ツ橋 2-4-3 光文恒産ビル
株式会社一二三書房
巻村螢 先生／SNC 先生

Printed in Japan, ISBN 978-4-8242-0360-1 C0093
※本書は小説投稿サイト「小説家になろう」（https://syosetu.com/）に
掲載された作品を加筆修正し書籍化したものです。